クリスマス・キャロル

A Christmas Carol

C・ディケンズ ほか
村岡花子 訳

講談社

もくじ

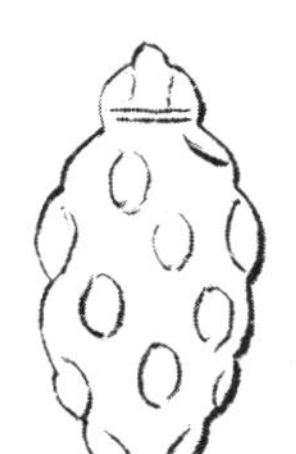
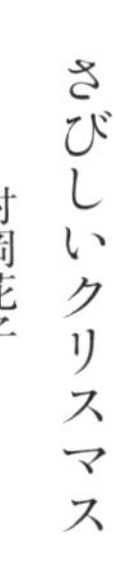

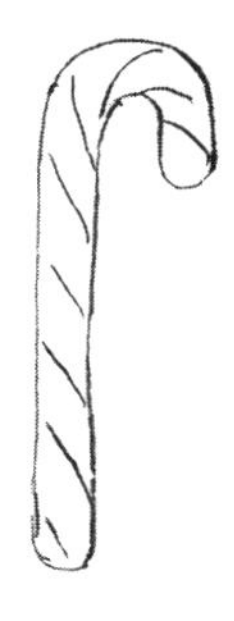

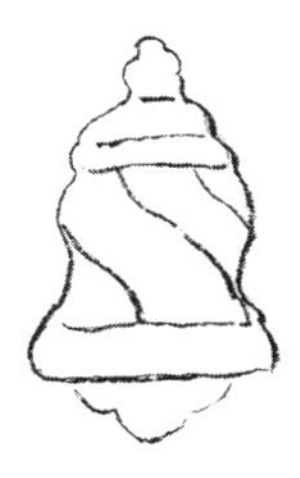

装画　北澤平祐

装丁　中嶋香織

クリスマス・キャロル

A Christmas Carol

チャールズ・ディケンズ

村岡花子 訳

チャールズ・ディケンズ

Charles Dickens

(1812年2月7日〜1870年6月9日)

ヴィクトリア朝時代を代表する英国の国民的作家。『オリバー・ツイスト』『クリスマス・キャロル』『デイヴィッド・コパフィールド』『二都物語』『大いなる遺産』など現在でも読まれている作品を多数のこした。

第1章　マーレイの亡霊

第一にマーレイは生きていない。

それについてはいささかの疑いもない。彼の埋葬登録簿には牧師も書記も葬儀屋も、喪主も署名している。スクルージも署名した。スクルージの名は取引所関係ではいかなる書きつけの上にもききめがあった。

老マーレイはドアに打った飾り釘のように死にきっていた。

よく聞いていただきたい。わたしは何も自分の知識をひけらかして、ドアの釘を死んだものの見本として出しているのではない。わたし一個人の考えとしては、商品として店に出ている金物のうちでは、棺桶の釘こそは一番完全に死んでいるものだと言いたいところである。しかし、元来この比喩は、われわれの祖先の知恵から生まれ出たものである以上、わたしの不浄の手でこれを変えるべきではない。そんなことをしたら、この国の秩序が乱れてしまう。それゆえに、みなさんも、わたしが語気を強めて、マーレイはドアの釘のごとくに死にきっているとくり返すのをお許し願いたい。

スクルージはマーレイが死んだことを知っていたか？

むろん、知っていた。知らないでいられるはずがあろうか？　スクルージとマーレイとは何年とも思い出せないくらいの長い年月の仕事仲間であった。スクルージはマーレイのただひとりの遺言執行人、遺産管理者、ただひとりの財産譲り受け人、ただひとりの相続人、ただひとりの友人だから、またただひとりの会葬者でもあった。

そのスクルージでさえもあまり気を落としていなかった証拠には、葬式の当日もぬけ目なく商才をふるい、手がたく損をしない取引をやりとげて、その日を記念したのである。

マーレイの葬儀の話にふれたところで、物語の発端に戻ることにしよう。

さて、マーレイの死については、一点の疑いもない。このことをはっきりと了解していてもらわないと、これから話そうとすることがなんの不思議でもなくなってしまう。ハムレットの父親があの劇のはじまる前に死んでいたということを、我々がじゅうぶんにのみこんでいなかったなら、その死んだ父親が毎晩、東風に吹かれて自分の城の城壁を散歩したことも、どこかの中年紳士が臆病息子の度肝をぬくために、日暮れどきのそよ風に吹かれながら――たとえばセント・ポール寺院の空き地へでも――ふらふらと出ていったのといっこう変わりはないことになる。

スクルージは老マーレイの名前をぬりつぶそうとしなかったから、その後、何年も入り口の扉の上にスクルージ・マーレイ商会と残っていた。

この会社は、スクルージ・マーレイ商会でとおっていた。新しくこの店へはいってくる人々は、折々スクルージ・マーレイをスクルージさんと呼んだり、マーレイさんと呼んだりしたが、両方の名に返事をした。どっちだって同じだったのだ。

ああ、しかし、彼は、石臼をつかんだら放さないようなケチな男であった、あのスクルージは！

しぼり取る、ねじり取る、ひっかく、かじりつく。貪欲な、がりがりじじいであった。

堅く、鋭いことは火打ち石のごとく、ただし、どんな鋼鉄を持っていても、ただの一度も火を打ち出したことはないという代物で、秘密を好み、交際を嫌い、牡蠣の殻のようにかたく口を閉ざした孤独な老人であった。

彼の心の中の冷たさが、年老いたその顔つきを凍らせ、とがった鼻をしびれさせ、頬をしわくちゃにし、歩き方をぎごちなくさせ、目を血走らせ、うすい唇をあおくした。

そして耳ざわりな声で、がむしゃらに怒鳴りたてるのだ。

凍った白い霜が頭の上にも、眉毛にも、また針金のようにとがったあごにもかかっていた。彼の行くところはどこにでも、この冷たさがつきまとった。真夏の暑い盛りに、事務所が冷えきっていたのはいいが、クリスマスの季節になっても、温度は一度だってあがらなかった。

外部の暑さも寒さも、スクルージにはなんの影響も及ぼさなかった。どんな暖かさも彼を温めることはできず、どんなに寒い冬の日も彼を凍えさせることはできなかった。どんなに吹きすさぶ風も、彼ほどにきびしくはなく、どんなに降りつのる雪も、彼ほど一徹ではなく、どんなにどしゃ降りの雨も、彼ほど頑固にいっさいをはじき返すことはしなかった。

どんなに悪い天候も彼にはかなわなかった。

どんなに強い雨でも雪でも霰でもみぞれでも、スクルージとくらべて、たった一つの点で勝った。

すなわち雨や雪や霰やみぞれには気前よく「恵みをもたらす」ということがあったが、スクルージは金輪際、そんなそぶりは見せなかった。

どんな人だって、いまだかつて往来で彼を呼びとめて、うれしそうな顔つきで、

「やあ、スクルージさん、ごきげんいかがですか？　たまにはうちへいらっしゃいませんか？」

などと言ったことはない。

物乞いでさえも彼にびた一文ねだったことはないし、子どもたちだって、いま何時です？　と時間ひとつたずねたこともなく、男でも女でも、スクルージの今までの生涯の

うちに、彼にむかって道をきいた者はない。盲導犬でさえ、彼を見知っているらしく、彼の姿を見ると、飼い主を戸のかげや路地の奥へ引っぱり込んだ。そして、

「あんないやな目を持つくらいなら、まるっきり、目のないほうが、いっそましですよ、目の見えないご主人さま。」

とでも言うつもりであろうか、しきりにしっぽをふるのであった。

しかし、そんなことをなんでスクルージが気にかけようか？

それこそ願うところであったのだ。人情などはいっさい受けつけず、人を押しのけ、つき飛ばして進んでいくのが、スクルージにとってはいわゆる「喜び」であったのだ。

ある時――折もあろうにクリスマスの前夜――老スクルージは事務所でいそがしがっていた。

草木も枯れ果てた、嚙みつくような寒さの日であった。おまけに霧も深かった。外の小路では人々がぜいぜい息を切らしたり、全身を温めようとして、胸に手をたたきつけたり、敷石に足をどたばた踏みつけたりして、あっちこっちをうろついていた。

市中の時計台は、今しがた三時を打ちだしたばかりなのに、もうすっかり暗くなっていた――もっとも、朝から明るくはなかった――近所の事務所の窓にロウソクがはたはたとゆらめいて燃えているのが、手にもふれられそうな鳶色の空気の中に、赤いしみの

ように映っていた。

霧は、どんなすきまや鍵穴からも、流れこんできた。

外の小路は実に狭いのだが、それでもむこう側の家々が、ぼんやりとまぼろしのようにしか見えないほどに霧は深かった。

どんよりした雲がたれ下がり、万物をおおいつくしてしまうのを見ていると、自然の神さまがつい近くにいて、大じかけななにかを企んでいるかと思えてくるのだ。

スクルージは戸をあけ放ち、箱のように小さなとなりの部屋で、手紙書きをしている書記を見張っていた。

スクルージの火もきわめて小さかったが、書記の部屋の火はそれよりもなおいっそう小さくて、まるでたったひとかけらの石炭の火ぐらいにしか見えなかった。

しかし、石炭箱はスクルージの部屋に置いてあるので、つぎ足すことはできない。書記がシャベルを持ってそっちへ入っていったが最後、スクルージは、どうもきみとは一緒にやっていけそうもないと言うにきまっている。

それが恐ろしさに、書記は白いえりまきをぐいと首に巻きつけ、ロウソクの火で暖まろうとしてみるのだが、元来が想像力のない男に生まれついているので、こんな試みはいっこうに役に立たなかった。

「クリスマスおめでとう、伯父さん！」と呼ぶ快活な声がきこえた。

これはスクルージの甥で、大急ぎでスクルージのところへ不意にやってきたので、スクルージはその声を聞くまで甥の来たことに気がつかなかった。

「へん、ばかばかしい！」とスクルージは言った。

霧と霜の中を駆け足でやってきたので、甥は全身をほてらせ、顔は赤く、目は美しく輝き、吐く息は白い湯気を立てていた。

「クリスマスがばかばかしいなんて、伯父さん！」とスクルージの甥は言った。「まさか、本気でおっしゃったんじゃないでしょうね？」

「ああ、本気だともさ。なにがクリスマスおめでとうだ！　なんの権利があっておまえがめでたがるのかってことよ。貧乏人のくせに。」

「さあ機嫌を直して。」と甥は元気よく言った。「伯父さんが機嫌をわるくしている権利はどこにあるんですか？　機嫌をわるくするわけがどこにあるかっていうんですよ？　それだけのお金持ちだったら、不足はないでしょうにさ。」

スクルージはうまい返事ができなかったので、とりあえず、また、

「ばかばかしい！」と言った。

「伯父さん、そうぷりぷりするんじゃありませんよ。」と甥が言った。

「ぷりぷりせずにいられるかい。」

と伯父がやり返した。

「こんなばか者ばかりの世の中にいてさ、クリスマスおめでとうだとよ。クリスマスおめでとうはやめてくれ！　おまえなんかにとっては、クリスマスはな、金もありもしないのに勘定書がくる季節じゃないか。年こそ一つふえるけれど、その一時間ぶんだって金がふえるわけじゃないじゃないか。帳簿を全部引き合わせたところで、十二か月のどこをどう押しても損ばっかりだということがはっきりわかる時じゃないか。

　おれの思うとおりになるんだったら——」

　とスクルージはますます憤然として、

「おれの思うとおりになるんだったら、クリスマスおめでとうなんて寝言をならべるのろまどもは、そいつらの家でこしらえてるプディングの中へいっしょに煮こんで、心臓にひいらぎの枝をぶっとおして、地面の中へ埋めちまいたい。ぜひともそうしてやりたいよ。」

「伯父さん！」と甥がさえぎった。

「甥よ！」

　伯父は、つっけんどんに呼び返した。

「おまえはおまえの流儀でクリスマスを祝いなさい。おれはおれの流儀で祝うから。」

「祝うんですって！」

　とスクルージの甥は今の言葉をくり返した。

「伯父（おじ）さんのは、祝うってことじゃありませんよね？」

「おれにかまわないでくれ。」

とスクルージは言った。

「おまえにゃいいクリスマスだろうよ。今までにだって相当役に立ったことなんだろうからな。」

「金もうけにはならなくても役に立つことはたくさんありますよ。クリスマスがいい例ですよ。」

と甥（おい）はやり返した。

「ぼくはクリスマスがめぐってくるごとに――その名前といわれのありがたさは別としても、……もっとも、それを別にして考えられるかどうかはわからないけれど――とにかくクリスマスはめでたいと思うんですよ。

親切な気持ちになって人をゆるしてやり、情けぶかくなる楽しい時節ですよ。男も女もみんなへだてなく心を打ちあけ合って、自分らより目下の者たちを見ても、おたがいみんなが同じ墓場への旅の道づれだと思って、行き先のちがう赤の他人だとは思わない、なんて時は、一年の長い暦（こよみ）をめくっていく間に、まったくクリスマスのときだけだと思いますよ。

ですからね、伯父（おじ）さん、ぼくはクリスマスで金貨や銀貨の一枚だってもうけたわけじゃありませんが、やっぱりぼくにとってはクリスマスは良いことをもたらしてくれたと思いますし、これから後も良いことはあると思いますね。だからぼくは神さまのおめぐみがクリスマスの上に絶えないようにと言いますよ！」

　箱のような小部屋にいた書記は思わず拍手をしたが、すぐそのあとで、はっとしたらしく、あわてて火をつつきまわしたばかりに、最後の火種を消してしまった。

「もういっぺんそんな音を立ててみろ、失業クリスマスを祝わせてやるから。」とスクルージは怒鳴った。

　そして、今度は甥のほうへ向きなおり、

「おまえはなかなか口達者だよ、議員にならないのが不思議だな。」と言った。

「伯父さん、そう腹を立てないでください。どうか明日、うちへ食事に来てくださいな。」

　するとスクルージは、おそろしい言葉を吐いた。たしかにこう言ったのだ。おまえの家に行くより、地獄で会うほうがましだ、と。

「なぜなんです？　なぜそんなことを言うんです？」とスクルージの甥は言った。

「おまえはどういうわけで結婚したんだい？」とスクルージがたずねた。

「相手を好きになったからですよ。」

「好きになったからだって！」

と、スクルージは、この世の中でクリスマスがめでたいということに輪をかけたばかばかしいことは、これひとつだと言わんばかりにいきり立って、

「さよなら。」と言った。

「いや、伯父（おじ）さん、ぼくが結婚（けっこん）するまえだって、来てくださったことはないじゃありませんか。今さら、そのために来られないってことはありますまい。」

「さよならだよ。」とスクルージは言った。

「なんでそんなに頑固（がんこ）にするんだか、ぼくは心底から悲しくなりますよ。今までに一度だってけんかをしたわけじゃなし。ぼくはクリスマスを祝いたい一心でお招きしてるんですよ、だから、最後までクリスマスの気分はなくしません。伯父（おじ）さん、クリスマスおめでとう！」

「さよならだよ！」とスクルージが言った。

「ついでに新年おめでとう！」

「さよならだよ！」とスクルージは言った。

甥（おい）は、ひと言の荒（あら）い言葉も返さずに出ていった。

彼（かれ）は、表側の戸口のところで足をとめて、書記にクリスマスのあいさつをした。書記は全身冷えきってはいたが、心はスクルージよりはるかに温かだったから、ていねいにあいさつを返した。

「もう一人、ばか者がいらあ。」

聞きつけたスクルージはこうつぶやいた。

「一週十五シリングで女房子どもを養ってるおれの書記が、なんでクリスマスがめでたいんだ。そんな暮らしぶりでよく正気でいられるもんだ。おれなら病院へでも逃げこみたくなるよ。」

ばか者である書記はスクルージの甥を送りだすと、入れちがいに二人の客を招き入れた。

見るからに気持ちのいい、ふとった紳士たちだった。二人は、帽子をぬいでスクルージの事務室に立って一礼した。

「スクルージ・マーレイ商会でございましたね？」

と手に持った帳簿と照らし合わせながら、一人の紳士が問いかけた。

「失礼ですが、スクルージさんでしょうか、マーレイさんでしょうか？　どちらさまとお会いしているのでしょう？」

「マーレイが死んでから七年になりますよ。ちょうど七年前の今夜、亡くなりました。」とスクルージが答えた。

「マーレイさんのご親切なお気持ちは、あとにお残りのあなたにも伝わっているものとわたしどもは考えておりますのでな。」

と言いながら、紳士は寄付金申込書をさし出した。

それにまちがいはない。

スクルージとマーレイの精神は、まったく一致していた。「親切」といううす気味わるい言葉にスクルージは顔をしかめ、頭をふって申込書を返した。

「一年のうちで、この祝いの季節にですな、スクルージさん。」

と言いながら、紳士はペンを取った。

「現在、非常に困っている貧しい者や身よりのない者たちの生活を、われわれがいくぶんなりとも助けることは、ふだんよりも、いっそう必要なのです。何千という人が日用品にも事欠き、何十万という人間が、なんの慰安もない生活にあえいでいるのですよ、あなた。」

「監獄はないんですかね?」とスクルージがたずねた。

「たくさんあります。」と紳士がペンを下に置きながら答えた。

「それから救貧院は? 今でもやっていますか。」とスクルージはたたみかけてたずねた。

「やっています、今でも。」と紳士は答えた。「もはや、やっていないと申し上げたいところですが。」

「じゃあ、監獄も救貧院も立派に運営されているんですね?」とスクルージは言った。

「どちらもさかんに活用されています。」

「おお！　あなたの最初のお話では、そんなものが全部だめになったのかと思いましたが、それで大いに安心しました。」とスクルージが言った。

「それだけでは大多数の人々にクリスマスの喜びをあたえることはできないと考えますので、われわれ数人の有志の者たちが図りまして、貧しい人々に肉や飲みものや燃料を贈る資金の募集で目下、大いそがしです。われわれがこのクリスマスの季節を選びましたのは、今がいちばん生活費のかさむときで苦しい最中ですのと、いっぽうでは、裕福な人々が特に生活を楽しもうとしているときだからです。

で、ご寄付はいかほどとしておきましょうか？」

「わたしの名は記帳しないでください。」

「ははあ、すると、匿名を御希望でいらっしゃいますか？」

「いや、うっちゃっといてください、ほっといてもらいたいのが希望です。

わたしはクリスマスを祝いはしない。なまけ者が浮かれ騒ぐために、びた一文出しはしない。

わたしは監獄や救貧院のために税金を払っています――その税金だって相当なものです。暮らせないやつらは、そっちへ行けばいい。」

「そうおっしゃいますが、はいりたがっている者たち全部を収容しきれませんし、第

一、はいりたがらない人が多いのです。そんなところへ行くくらいなら死んだほうがましだと思っている連中も大勢あります。」

「死にたいやつらは死なせたらいいさ。そうして余計な人口を減らすんだな。それに――失礼だが――どうもわたしにはわからない。」

「わかってくださってもいいはずですがね。」と紳士は言った。

「わたしに関係したことじゃありませんよ。」

とスクルージは、はねつけた。

「自分の仕事さえ承知してりゃ、じゅうぶんだ。他人のことに干渉するどころか、自分の仕事で年中手いっぱいです。

では、さよなら、お二人さん。」

いつまでかかわり合ってもむだだと知ったので、紳士たちは退却した。スクルージはひどく得意になり、いつにない上機嫌で再び仕事にかかった。

その間にも霧と闇はますます深く立ちこめてきて、ゆらゆらと燃えあがる松明をかかげた人々が、馬車の道案内に雇ってくれと走りまわっていた。

教会の古い塔には古鐘がさがり、ゴシック式の窓からこっそりスクルージを見おろしていた。

やがてその塔も見えなくなり、霧の中で一時間ごとに、そして十五分ごとに、時を告げる鐘の音だけが、まるで頭が凍って歯をがちがちさせているかのような余韻を残して空気をふるわせていた。

　寒さはいよいよつのった。大通りでは路地のかどで、数人の工夫がガス管の修理をしていて、さかんに火鉢に火を燃やしていた。そのまわりには、ぼろをまとった男たちや子どもらがよってきて手をあぶりながら、燃えさかる炎で目をぱちぱちさせて有頂天になっていた。

　水道栓はあけっぱなしになっていたから、あふれ出る水は見る見るうちに人をよせつけない氷に変わっていった。

　明るい店先では飾り窓のランプの熱で、ひいらぎの小枝や実がパチパチはじけており、道ゆく人々の青白い顔もまっ赤に照らしだされた。

　鶏肉屋と食料品店は、商売が繁盛しすぎで笑いがとまらないほどの景気のよさ。その華やかな見せ物のような様子は、取り引きだとか売り買いだとかいう生真面目な仕事とはまるでちがった世界としか思えなかった。

　市長閣下は宏壮な官邸に立てこもって、五十人の料理人と執事に、市長邸として恥ずかしくないクリスマスの食卓を作るようにと命じた。

　また、前週の月曜日に酔っぱらって往来で血なまぐさい騒ぎを演じたかどで、罰金五シリングに処せられた小柄の仕立屋でさえ、屋根裏の部屋で明日のプディングをかきまわし、やせっぽちの女房は赤ん坊を連れて牛肉を買いに駆けだしていった。

霧はいよいよ深く、寒気はますますつのる。刺すような、えぐるような、噛みつくような寒さだ。もしあの善良で、鍛冶屋の守護聖人である聖ダンスタンが、おなじみの熱したやっとこのかわりに、この寒気で悪魔の鼻をつまんだとしたら、さすがの悪魔も大声あげてわめくことであったろう。

鼻といえば、あるかないかの低い鼻の持ち主で、犬にかじられた骨のように飢えと寒さに苛まれた子どもが、身をかがめてスクルージの戸口の鍵穴をのぞき、クリスマスの歌をうたって大いに祝福した。

神の恵みはゆたかなれ愉快な紳士よ、
なんの不幸もあなたには来ぬように！

しかし、スクルージは恐ろしいけんまくでものさしをつかんだので、うたい手はふるえあがって逃げ出し、鍵の穴からは霧や、霧よりもさらにスクルージとはよく性分の合った霜がはいりこむばかりとなった。

やっと事務所をしめる時刻がきた。

スクルージは不本意ながら腰かけからおりた。そして待機していた書記に、目で合図した。

　書記はたちまちロウソクを消して帽子(ぼうし)をかぶった。

「明日は一日休みたいんだろうね？」とスクルージは言った。

「そちらさまのご都合がよろしければ。」

「都合はよくない。」

　とスクルージは言った。

「それにわりのわるい話さ。そのために給料を半クラウンも引こうものなら、きみはひどい目にあったと言って大騒(おおさわ)ぎするだろうからな。きっと。」

　書記は弱々しくほほえんだ。

「そのくせ、おれのほうじゃきみが仕事もしないのに一日分の給料を払(はら)うんだが、おれがひどい目にあってるとは、きみは考えないだろう。」

　書記は、一年にたった一度のことだと言った。

「毎年十二月二十五日に他人のふところから金をかすめ取ることに決めてる者にしちゃあ、まずい言いわけだよ。」

　とスクルージは外套(がいとう)のボタンをあごの下までかけながら言った。

「丸一日休まなけりゃ気がすまんのだろう。じゃあ、その次の朝はそのぶん早く出てくるんだぞ。」

書記はそうしましょうと約束した。スクルージはぶつぶつ小言を言いながら出ていった。

事務所はまたたく間に閉ざされた。

書記は白いえりまきの長い両はしを腰の下までぶらぶら垂らしながら（彼は外套なんか持っていなかった）、クリスマス・イブを祝うつもりで、子どもたちの列について、コンヒルの坂道を二十ぺんもすべり、それから、家で待つ子どもたちと目かくし鬼の遊びをするのを楽しみにしながら、カムデンのわが家へと宙を飛んで帰っていった。

スクルージは行きつけの不景気な居酒屋で、いつもの通りの不景気な食事をすまし、ありったけの新聞を読みつくしたあとは、銀行の通帳を出してながめていたが、やがてわが住居へと寝に帰った。

彼は死んだマーレイの部屋に住んでいた。

ある中庭に建っている低い建物の中の暗い一室だったが、その建物がそこにあることがすでに不似合いで、たとえて言ったなら、この家がまだ子どもだった頃、ほかの家々と隠れんぼ遊びをして、ここへ走りこんだまま、出口を忘れてしまったのではないかと想像したくなるほど、このあたりにこの建物は不似合いなものであった。今ではまったく古びて、殺伐とした様子だった。スクルージのほかにはだれも住んでいない。ほかの部屋は、すべて貸事務所にしてあった。

庭の暗いことと言ったら、石のひとつひとつの所在まで知っていたスクルージでさえ、手さぐりで行かねばならないほどだった。霧と霜が、古びた玄関のあたりをすっかり包み、あたかも天候をつかさどる神がしきいの上に腰をすえて、じっと悲しい物思いにふけってでもいるかのようだった。

さて、玄関の戸についているノッカーは、図ぬけて大きいという以外には、なにひとつ変わったところはなかった。またスクルージはそこに住むようになって以来、夜も昼もそれを見慣れていたということも事実である。

その上に、スクルージは空想などというものはまったく持ちあわせていなかった。その点はロンドン市中のいかなる人にも――と言うと、――大胆な言い分ではあるが――市政当局だろうが、市参事会員だろうが、同業組合であろうが、ロンドンのなにものにも引けはとらなかった。

また、スクルージはその午後、七年前に死んだ仲間のことにふれはしたものの、それきりでマーレイの記憶は頭から消え去ったことも、心にとめておいていただきたい。ところが、スクルージがその戸の錠前に鍵をねじ込んだとたん、ノッカーがマーレイの顔に見えたのはいったいどうしたことであろうか、説明のできる人があったら聞かせていただきたい。

マーレイの顔。

それは中庭にあるほかの物体のように、ぼんやりとしているのではなくて、暗い穴蔵の中の腐った海老のように、そのまわりに不気味な光をまとっていた。怒っているのでもなければ、凶猛な顔でもない、ありし日のマーレイそっくりの顔つきで、幽霊のようなひたいに幽霊のような眼鏡をのせて、スクルージのほうを見つめている。

髪の毛は息を吹きかけられたか熱気にでも当たっていたかのように奇妙に逆立ち、目は大きく見ひらいたままで、まったく動かなかった。それと、まっさおな顔色とで、ものすごい形相になっていた。

けれども、そのものすごさは顔だけからくるのではなく、顔の表情の一部分だというよりも、むしろ顔とはまったく関係のないところからきているように思われた。

スクルージはじっとこの変化に目をこらした。

ところが、それはまた元のノッカーになっていた。

彼がびくともしなかったとか、幼いときから恐れを知らぬ性質だから、今もその通りだったとか言うなら、それはうそであろう。

しかしながら、彼はいったん手をはなした鍵を持ちなおして、しっかりとまわし、中へはいってロウソクをつけた。

彼は戸を閉める前に、ちょっと手を休めた。

そして、マーレイの髪が垂れているのではないかと、最初に戸の内側をしらべた。けれども、戸の内側にはノッカーをとめてある、ネジと、ネジどめよりほかには、なにもなかった。それで、スクルージは、

「ふん、ばかばかしい！」

と、言いながら、音を立ててドアを閉めた。

その音が雷のように家じゅうにひびきわたった。階上のどの部屋でも、地下室の酒屋の酒樽も、ひとつひとつ別々の反響を立てているように思われた。

スクルージは反響におびえるような男ではなかった。彼はしっかりと戸を閉め、広い廊下を横切り、階段をのぼっていった。それも、ロウソクの芯を切りながら、ゆるやかな足どりでのぼったのだ。

六頭立ての馬車で古びた階段をあがると言ってもいい、それとも新しく国会を通過した悪法令をくぐりぬけるとでも言おうか、どうも漠然とした言い方だが、わたしの言う意味は、霊柩馬車を横に倒して横木を壁にむけ、棺の戸を手すりのほうにむけてさえも、容易に通れるということである。この家の階段は、それほどじゅうぶんな広さがあった。

機関車をつけた霊柩馬車が、闇のなかで、自分の前を通るのを見たようにスクルージが思ったのも、あるいはこの場所の広さのためかもしれない。

街路につけてあった六つのガス灯の光も、この家の入り口をじゅうぶんに照らしはしなかった。こういうわけだから、スクルージのロウソクではかなり暗かったことは、だれにでも想像できるであろう。

スクルージはそんなことにはいっこうかまわずに、二階へとあがっていった。暗いのはなおけっこう、とスクルージは気に入っていた。

重い扉を閉める前に、部屋を歩きまわって、なにごともなかったのを確かめた。そんなことをやりたくなったのは、さっきのマーレイの顔の記憶が残っていたからであった。

居間、寝室、物置。もちろんなんの変わりもなかった。

テーブルの下、長椅子の下にもだれもいなかった。

暖炉には少しばかりの火があった。

スプーンも皿も用意してあった。そして小さな粥の鍋が炉棚にのっていた（スクルージは鼻風邪をひいていた）。

寝台の下にも納戸の中にも、だれもいなかった。あやしげなぐあいに壁にかかっていたねまきの中にも、だれもかくれてはいなかった。

物置部屋もいつもの通りで、古いストーブの金網と古靴と二個の魚籠と三本足の洗面台と、そのほかに火掻き棒があった。

スクルージはすっかり安心して、中から錠をおろした。

それも、いつになく二重錠をおろした。このように用心をしながらネクタイをはずし、ねまきに着かえ、スリッパをはき、ナイトキャップをかぶったところで、火の前にすわって粥をすすろうとした。


それはじつに弱い火であった。のしかかるようにしていなければ、こんな寒い晩にこんな一つまみの火からは、暖かさのまねごとをも引き出すことはできなかった。

その暖炉は古いもので、ずっと以前に、オランダのある商人が作った品で、まわり一面に、聖書の物語を絵模様にしためずらしいオランダ・タイルがびっしり貼ってあった。


カインやアベル、ファラオの娘たち、シバの女王や、羽根のような雲にのって空からおりてくる天使たち、アブラハムやバビロンの王ベルシャザル、ソース入れのような舟に乗って海へ向かうキリストの弟子たち、そのほか幾百人もの人物が描かれていた。

それなのに、七年も前に死んだマーレイの顔が目に浮かび、昔の預言者、モーゼの兄アロンの杖のように、それら古の人々の顔を全部のみこんでしまった。

もし、一枚一枚のなめらかなタイルになにも描かれておらず、スクルージの頭の中の脈絡のない断片的な思想でなにか描きだす力があたえられていたとしたら、そのタイル全部にマーレイの顔があらわれたことであろう。

「ばかばかしい！」とスクルージは言った。

そして部屋の中を歩いた。

数回歩きまわってから、再び腰をおろした。

椅子の背に頭をもたせようとしたとき、ふとひとつの呼び鈴、使ってない呼び鈴が部屋にぶらさがっているのが目についた。これはもう今ではなんのためか忘れられたが、その建物の一番上の部屋との連絡のためだった。

ところが、驚いたも驚いた、奇怪千万にも、見ていると、この呼び鈴が動きはじめた。最初は音も立てないほど、かすかにゆれたが、やがて、音高く鳴り出したかと思うと、家じゅうの呼び鈴がいっせいに鳴りだした。

三十秒か一分も続いただろうか。

しかし、一時間ぐらいの長さに感じられた。呼び鈴は鳴りはじめがいっせいであったように、止むときにも、いっせいに鳴りやんだ。

すると、今度は階段のずっと下のほうからカランカランという音、ちょうどだれかが酒屋の酒蔵の中にある酒樽の上を、重い鎖でも引きずって歩いているような音が聞こえてきた。スクルージは呪われた屋敷では幽霊どもが鎖を引きずって現れるとか聞いていたのを思い出した。

酒蔵の戸が、ガアーンと音を立てて開いた。

と思うと、それよりもさらにずっと大きな物音が階下できこえた。階段をのぼってくる、そしてすぐまた戸口のほうへ進んでくる。

「ばかばかしい！　信じるものか。」とスクルージは言った。

けれども、その音の主が一直線に重い戸を通りぬけて、部屋へはいってきて、目の前にあらわれたときには、さすがにスクルージの顔色が変わった。

同時に、消えかかっていたロウソクの火がぱっと燃えあがった。あたかも「知ってる。マーレイの幽霊だ！」と言うようだった。

そしてまた暗くなった。

同じ顔、まぎれもない同じ顔であった。

長い髪をして、チョッキもズボンもブーツも、ありし日のマーレイであった。

ブーツのふさは、長髪や上衣のすそと同じように逆立っていた。

長い鎖が腰のまわりにからみついてしっぽのように、ぐるぐる巻きついていた。それは、（スクルージはこまかく観察したが）鋼鉄製の銭箱や鍵や錠前や台帳や証券や重い財布でできていた。

　幽霊の身体は透明だったので、じいっと見ているうちに、チョッキ越しにコートの背後の二つのボタンまで見とおせた。スクルージは、血も涙もないマーレイには、はらわたがない、と言われるのをしばしば聞いていたが、こうして今、すけすけのからだを見るまでは信じなかった。

　それにしても幽霊などいまだって信じなかった。幽霊をよくよく見て、それが自分の前に立っているのをもみとめたし、死そのもののような冷たい目で見つめられて水をあびせかけられたようにも感じたのだが。

　また、それまでは気がつかなかったのだが、頭からあごへかけてかぶっている頬かむりのスカーフの織りめまでも見わけられたけれども、なお彼は信じないで、自分の見そこないだと思おうとした。

「どうしたっていうんだ？　わたしに、なんの用があるんだね？」とスクルージは持ちまえの皮肉な調子で言った。

「大ありだよ。」――まさしくマーレイの声である。

「おまえはだれだ？」

「だれだったかときくんだよ。」

「じゃ、だれだったんだ？」とスクルージは声を高めて、「いやに几帳面だね、もののけのくせに。」

　ものの影ほどの相違を気にするなんてと言おうとしたのだが、このほうが適切だと思って「もののけのくせに。」と言った。

「この世にいた時分は、おまえの仲間だったジェイコブ・マーレイだよ。」

「おまえさんは――おまえさんは腰かけられるかね？」とスクルージは心配そうに相手を見ながら言った。

「かけられるよ。」

「じゃ、おかけなさい。」

　スクルージはこのように透明な幽霊が椅子にかけられるかしらと不安に思い、もしかけられない場合には気まずい弁解をしなければならないだろうと心配したが、幽霊はなれきったようすで暖炉のむこう側に腰をおろした。

「おまえはわたしを信じないね。」と幽霊が言った。

「信じないよ。」とスクルージは答えた。

「おまえの感覚よりほかに、わたしの実在を証明するものはないじゃないか。」

「わからないね。」とスクルージは言った。

「おまえさんはなんだって自分の感覚を疑うんだ？」

「感覚なんてものは、ちょっとしたことでくるうからさ。ほんのちょっと胃袋のぐあいがわるくても、感覚はくるってくるよ。おまえさんは、こなれきれなかったひと切れの牛肉かもしれないし、ひとたらしのからしか、ひと切れのチーズか、生煮えのじゃがいも一個かもしれない。

　いずれにしても、おまえさんは墓よりも肉汁のほうに縁がありそうだよ。」

とスクルージは言った。

　スクルージは、洒落など言える柄ではなかった。それに、この際ふざけるどころの気分ではなかったのだが、自分の気をまぎらし、恐怖の念をおさえつけたいばかりにうまいことを言おうとしたのだ。

　幽霊の声は骨の髄までしみこんでくるように感じられた。

　一秒間でも無言でその幽霊のぎょろりとすわった目とにらみ合っていたら、身の破滅だとスクルージは感じた。幽霊には幽霊独特の地獄の雰囲気がこもっているので、なにかひどく恐ろしいところがあった。

　スクルージにはそれを的確に感じ取ることはできなかったが、事実はその通りだったのだ。

　その証拠に、まったく身動きもせずに腰かけているのに、幽霊の髪の毛や、すそや、ふさは、釜からのぼる熱い蒸気にでもあおりたてられているようにゆらめいていた。

「このつまようじが見えるかね？」

　スクルージは今のべたような理由と、たとえ一秒間でもこの幽霊の冷たい視線からのがれたい一心で、こんな問いを出した。

「見えるさ。」と幽霊は答えた。

「だって、ちっとも見ちゃいないじゃないか。」とスクルージが言った。

「それでも見えるんだよ、見ていなくてもね。」と幽霊が言った。

「そうか、そんなことをのみこみさえすれば、これから先の一生を、自分の頭で作りだした数かぎりもない怪物どもに悩まされて暮らすっていうわけだ。ばかばかしい！　実際、ばかばかしいことだ！」

　これを聞くと幽霊はすさまじい叫びをあげ、気味のわるい、ぞっとするような音をたてて鎖をゆすぶった。

　スクルージは気を失っては大変と、自分の椅子にしがみついた。けれども、幽霊が部屋の中の暑さにがまんできないといったようなぐあいに、頭に巻いてあるものを取りのけたとたんに、その下あごが胸のあたりまでぶらさがったので、彼は恐怖のあまりにひざまずき、顔の前で手を組んだ。

「お助けください！　おそろしい幽霊さま、どういうわけで、わたしをお苦しめになるのですか。」と言った。

「世俗まみれの男よ！」と幽霊は答えた。「おまえはわたしを信ずるか、どうだ？」

「信じます。」

　とスクルージは言った。

「信じないわけにはいきません。けれど、なんで幽霊たちが、この世へ出歩いたり、またわたしの所へなんかやってきたりするのですか？」

「だれしも人間であれば、そのなかの霊魂が、同胞の間を歩きまわり、あちこちとあまねく旅行しなければならないように定まっているのだ。もし生きているうちに出て歩かなければ、死んでから、そうしなければならないのが運命なのだ。世界中をさまよい歩いて——ああ、なさけないことだ——そしていまはもうどうすることもできないで、生前に自分が助けてやることもできた人たちをながめていなければならないとは！」と幽霊は答えた。

幽霊は再び叫び声をあげ、鎖をゆり動かし、影のような手をふった。

「鎖につながれておいでなのは、どういうわけか、お話しください。」とスクルージはふるえながら言った。

「これは生きているときに自分で作った鎖なんだ。それに今つながれているんだ。」と、幽霊が答えた。

「鎖の環のひとつずつ、一ヤードまた一ヤードを、われとわが手で作ったのだ。わたしはその鎖を自分から進んで身に巻きつけたのだ。自分で好んで身にかけたのだ。この鎖の型はおまえさんには見おぼえのないものかね？」

スクルージはますますふるえおののいた。

「それとも、おまえさんは、自分で巻きつけている頑丈な鎖の重みと長さを知りたいのかね？　七年前のクリスマス・イブには、おまえさんのもわたしの鎖と同じほどの重さであり、長さも同じだったが、あれから引き続きせっせと骨を折って太くしているんだから、今ではとほうもなく大きな鎖になってることだろうな！」

スクルージは自分が五十フィートも六十フィートもある鉄の鎖で巻きつかれているのではないかという気がして、自分の周囲の床の上を見まわした。

「ジェイコブ。」とスクルージは哀願した。「ジェイコブ・マーレイじいさんよ、もっと話してくれ。わたしになぐさめになることを話してくれ。」

「わたしには、なにもやるものはない。」と幽霊は答えた。「なぐさめなんてものは、ほかの世界からくるものだ、エビニーザ・スクルージよ、それはな、おれたちなんかよりもっと、たちのちがった人間のところへ、ほかの使いが持ってくるんだ。

それにな、わたしは話したいと思うことを話すのも禁じられている。わたしにはもうほんのわずかの時間しか、ゆるされていない。わたしは休むこともできないし、足をとめることもできない。ぶらぶらしていることもできない。

わたしの魂はわれわれの勘定場から外へは一歩も出たことがなかった――いいかね――生前、わたしの魂は、あのせまっくるしい両替口から外へは出たことはなかったのだ。これから先には長い、つらい旅が待っているのさ。」

スクルージは、思案にくれるときにはポケットへ手を入れるくせがあった。今も幽霊の言ったことを心でかみしめながら、目もあけず立ち上がりもせず、そのようにした。

「ずいぶんゆっくりとした旅のようですね、ジェイコブ。」

尊敬と謙譲は失わず、それでも、事務的な口ぶりでスクルージは言った。

「ゆっくりだ！」と幽霊もくり返した。

「死んでから七年。」とスクルージは思いをめぐらせた。「その七年間、ずっと旅のしつづけとはねえ！」

「ずっとだ。」と幽霊が言った。「休みもなく、安心もなく、悔いの心にさいなまれどおしだ。」

「急ぎ足の旅ですか？」とスクルージは言った。

「風の翼にのってな。」と幽霊が答えた。

「七年の間にはよほど広く歩いたでしょうな？」

幽霊はこれを聞くとまたもや叫び声をあげ、夜の沈黙を破る恐ろしいひびきとともに鎖をひとゆすりした。夜警が安眠妨害として告発してもさしつかえなかろうと思われる音だった。

「おお！　二重の鎖をかけられてしばられた虜よ。」と幽霊は叫んだ。「不滅の偉人たちは、長い年月にわたってこの世のためにたゆまぬ努力を続けているにもかかわらず、その効果が完全にあらわれないうちに永遠のなかへ去ってしまわねばならないのだ。そんなことも知らないとは。

いやしくも、自分が身を置く小さな世界で、どんなことでも世の中の役に立ちたいと熱心に力をつくしているキリスト教精神の持ち主がいるが、それを成しとげるには人間の生涯はあまりにも短いのだ。そんなこともわからないとは！　また、どんなに後悔しても、人がいったん失った機会は二度と取りもどせないのだ。そんなことも知らずにいるとは！

　だが、わたしもそうだったのだ。おお！　わたしもそうだったのだ！」

「だが、ジェイコブ、おまえさんは商売上手だったじゃないか。」とスクルージは口ごもり、そう言いながらこれを自分にあてはめて考えはじめた。

「商売だって！」

　幽霊はまたもや手をもみしぼりながら叫んだ。

「人類のためにつくすのがわたしの商売だったのだ。公益が商売のはずだったんだ。慈善、あわれみ、寛大、慈悲、これがみんなわたしの商売だったはずだ。わたしのやっていた取引なんかは、わたしの果たすべきだった仕事の大海の中ではわずか一滴の水にも足りなかったんだ！」

　幽霊は、あたかもその鎖が、今さら悔いても返らぬすべてのなげきの原因であるかのように、腕の伸びるだけ高くさし上げてみたが、また再び下へずしんと投げつけた。

「めぐりゆく一年の中で、今のこの季節にわたしは一番苦しむのだ。なぜわたしは気の毒な人たちにかまわず通りすぎたのだろう？　東の国の博士たちをみすぼらしいあばらやへ導いていった、あのありがたい星をなぜ見上げなかったのだろう？　その星に導かれて、訪ねてやるべき貧しい家もあったろうに！」

スクルージは、幽霊がこの調子でとめどもなく話しつづけるのを聞いて非常に動揺し、がたがたふるえだした。

「わたしの言うことを聞きなさい！」と幽霊が叫んだ。「わたしはもうじき行かなければならないのだ。」

「聞きます。」とスクルージは言った。「だが、どうかわたしをいじめないでくれ。あんまり大げさな言い方をしないでくれ、たのむ、ジェイコブ。」

「わたしがおまえさんの目に見える姿になって、ここへ現れたわけは話せない。だが、わたしは姿こそ見せなかったが、幾日も幾日もおまえさんのそばにすわっていたのだ。」

このありがたくない話に、スクルージは身ぶるいして、ひたいの汗をふいた。

「こうしてすわっているのだって、決してなまやさしいことじゃない。かなりの苦労なんだ。」と幽霊は続けた。「わたしが今夜ここへ来たのは、おまえさんには、まだわたしのような運命から逃れるチャンスと希望があるということを知らせるためなのだ。わたしはおまえにチャンスと希望を与えられるのだよ、エビニーザ。」

「おまえさんはいつでもわたしには親切な友人だった。ありがとう！」とスクルージは言った。

「おまえさんのところへ三人の幽霊が来ることになっている。」と幽霊は話を続けた。

スクルージの顔は、幽霊とほとんど変わらぬくらいにあおざめた。

「それが今の話のチャンスと希望なのかね、ジェイコブ？」

と彼はおびえた声でたずねた。

「そうだ。」

「わたしは――わたしは、ごめんこうむりたいなあ。」とスクルージは言った。

「三人に来てもらわなければ、おまえさんもまたわたしと同じ道を行かなければならない。明日午前一時、その鐘を合図に、第一の幽霊が来るものと思っていなさい。」

「みんな一度に出てもらって、それですましてしまうわけにはいかないものかなあ、ジェイコブ？」とスクルージは気を引いてみた。

「第二の幽霊は次の日の夜の同じ時刻だ。その次の晩には、第三の幽霊が十二時の鐘の最後が打ちやむと同時にあらわれる。わたしとおまえさんとはこれが最後だ。今までわたしたちの間で話したことをよく心にとめておきなさい。みんなおまえさんの身のためなのだから。」

言いおわると幽霊はテーブルから頬かむりの布を取りあげ、頭に巻いた。歯がカチリと小気味よい音を立てたので、スクルージは上下のあごが合わさったのだと知った。

思いきって目をあげて見ると、その不思議な客は、鎖を腕のあたりに巻きつけて、彼の目の前にまっすぐに立っていた。

幽霊は後ずさりしてスクルージからはなれた。一歩後退するたびに窓が少しずつ開いて、やがて窓べまで行きついたときには、窓はすっかりあけ放たれた。

幽霊が手招きしたので、スクルージは近寄った。二人の間が二歩ぐらいのへだたりになったときに、マーレイの亡霊は手をあげて、スクルージに止まれと合図したので、それに従った。

合図に従ったというよりも、驚きと恐れがそうさせたのだ。

幽霊が手をあげたとたんに、たちまちにして空中には大変な物音がとどろいた。悲しみと後悔の入りみだれた声、言いようもなく情けない声が聞こえてきたのである。ほんの一瞬、耳をすましていた幽霊は、その悲しみの歌に自分も声を合わせながら、さびしい闇のなかへ飛び去った。

スクルージは好奇心に圧倒されて、思わずあとを追って窓ぎわまで行って外をながめた。

空中には幽霊があふれていて、むやみといそがしそうに、あちこちとさまよっていた。そうしている間もうめきどおしであった。

みんなマーレイの幽霊がつけていたのと同じ鎖をつけていた。一緒につながれている

（罪を犯した政府の役人かもしれない）者たちもあった。

生きていたときにスクルージが個人的に知っていた人々も大勢あった。白いチョッキを着て、足首にばかばかしく大きな鉄の金庫をつけた一人の年取った幽霊とは、かなり親密なあいだがらだった。その幽霊は、下の戸口のところで見かけた、幼い子を連れたあわれな婦人を助けてやれないのをひどくなげき悲しんでいた。

彼らすべての幽霊たちの不幸は、人間の世の中の事件に関係し、助力したいと願いながらも、永久にその力を失ってしまったことであった。

これらの化け物どもが霧の中へ消えうせたのか、あるいは霧が彼らを包んでしまったのか、いずれともわからなかったが、その姿もそして気味わるい声もともに消えうせて、夜はスクルージが家路にむかって歩いたときと同じように静かになった。

スクルージは窓を閉じてから、幽霊がはいってきた扉を確かめた。

それは彼みずからの手で錠をおろした通りに二重に錠がおろしてあり、閂も動かされていなかった。

スクルージは「ばかばかしい！」と言おうとしたが、最初のひと口でのみこんでしまった。

そして自分の体験した高ぶった感情からか、一日の疲れからか、見えざる世界をかいま見たためか、陰気な幽霊との対話のためか、それとも夜ふけのためか、とにかく非常に休息を必要としたので、寝床にもぐってぐっすり眠りこんでしまった。

第2章　第一の幽霊

スクルージが目をさましたときは、まっくらで、寝床から見まわしても、透明な窓と、不透明な部屋の壁とをほとんど区別ができないほどであった。

彼は、いたちのようなするどい目で、闇を突きとおしてなにかを見きわめようとしていると、近くの教会の鐘が十五分ごとの鐘を四度打って、きっかりの時刻になったことを知らせた。そこで、彼は何時になるのかを知ろうとして耳をすました。

驚いたことには、時の鐘は六つから七つ、七つから八つと打って、正確に十二時まで打ってからとまった。

十二とは！　寝床にはいったときがすでに二時すぎであった。時計がくるっている。機械の中につららでも立ったのだろうか。十二時とは！

彼は、正しい時間を知ろうと、枕もとの時打ち時計にふれて、音を出してみた。小さな鼓動は十二を打って、とまった。

「おや、おや、丸一日ぶっとおしで次の晩まで眠ってたなんてことがあるはずはない。

まさか太陽に異変が起こって、いまが真昼の十二時というわけでもあるまいがな。」とスクルージは言った。

考えてみれば大変なことなので、彼は寝床からはい出し、手探りで窓のところまで行った。ねまきのそでで、霜をふかなければなんにも見えなかった。そうしてさえほとんど見えなかった。

ただ、わかったことは、まだ霧が深くかかっていて非常に寒いこと、あちこちと走りまわって大騒ぎする人々の声がないことであった。

もし、夜が明るい昼を追い払い、この世界をわがものとして占領してしまったのなら、疑いもなく人々は騒ぎまわっていたにちがいない。

これで安心した。なぜなら、「この第一号振出為替手形は一覧後三日以内にエブニゼル・スクルージ氏あるいはその指定人に払い渡すこと」などということは、夜ばかりで日数が数えられなくなったら、あまり信頼のおけない合衆国の保証と同じく空文になってしまうからである。

スクルージは再び寝床にはいって、考えて考えて考えぬいたけれども、合点がいかなかった。考えれば考えるほど、わからない。そして、考えまいとするほど、余計に気になるのだった。

マーレイの幽霊は彼をひどくあわてさせた。散々に考えぬいたあげくに、あれはみんな夢だと決めるのだったが、決めるたびごとに、強いバネがはねあがるように、また元の迷いへ立ちもどってしまった。

そして再び、「夢だったろうか？　それとも夢ではなかったのだろうか？」という問題につきあたって、また考え直さなければならなかった。

スクルージはこの状態で、十五分ごとの鐘が三度鳴って十二時四十五分を告げるまで寝床の中で目をさましていたが、突然に、マーレイの幽霊から、一時の鐘が鳴るのと同時にあらわれる訪問者のことを予告されていたのを思い出したので、その時刻がすぎるまでは眠るまいと決心した。

どのみち、彼にとって、眠りにつくことは、天国へ行くことと同じようにできない相談なのだから、この決心は彼としてはいちばん賢いものであったろう。

十五分間があんまり長かったので、うとうととして聞き逃したにちがいないと、一度ならず何度も考えた。

しかし、ついに鐘の音は耳底に響いてきた。

「カン、カーン！」

「十五分。」とスクルージは数えながら言った。

「カン、カーン！」

「三十分！」とスクルージは言った。

「カン、カーン！」
「四十五分！」とスクルージは言った。
「カン、カーン！」
「ちょうど時間だ。」と、スクルージは勝ちほこって言った。「なにも出やしないじゃないか！」

こう言ったのは、まだ時の鐘が鳴りださないうちであった。今や鐘は深く、にぶい、うつろな、めいるような音をたてて、一時を打った。

その瞬間、部屋じゅうに光がさしこんだかと思うと、寝台のカーテンが開いた。よろしいですか、寝台のカーテンが開かれたのだ。足元のカーテンでもなければ背後のカーテンでもない、スクルージの目の前のカーテンが開いたのだ。

寝台のカーテンが開いたので驚いて半身を起こしたスクルージは、カーテンを引きよせた、この世の者とも見えぬ訪問客に向き合った。あたかも、今これを語っているわたしとあなた方読者のように、すぐ近くで向き合ったのだ。

それは奇妙な姿であった――子どものように見えるのだが、子どもではない。遠くにいる老人が、あやしげなものを通して、子どものように映っているかのようだった。首のあたりから背中までたれさがった髪は、老人のように白かった。けれども、顔にはひとすじのしわもなく、みずみずしい血色をしていた。

腕は非常に長く、筋骨はたくましい。両手も同じようにたくましく、その握力はなみなみならぬ強さであろうと思われた。

脚はほっそりとしていて、腕や手と同じくむき出しであった。

純白の上衣を着、腰のまわりには、きらきら光る帯をしめていたが、その光はすばらしいものであった。手にはいきいきとした緑色のヒイラギの枝を持っていた。そして、冬の象徴であるこのヒイラギとはまったく反対の、夏の花で、衣のすそを飾っていた。

しかしながら、なによりもいちばん不思議なことは、頭のてっぺんから煌々たる光が射していたことで、その光に照らされて姿全体が見えたのである。

このような光を持っていればこそ、用のないときには帽子がわりの火消し蓋を使って光を覆い隠すのだろう。今は、それをわきの下にかかえていた。

けれども、スクルージがいっそう目をすえて見ているうちに、これでさえもっとも不思議なものではなくなった。

なぜならば、幽霊の帯がまた不思議で、ある一か所がぴかりと光ったかと思うと、ほかの所が光り、今、明るかったと思ううちに、たちまち暗くなるというしろものだから、幽霊の姿自体がゆらゆらして、はっきりとは見きわめがつかない。

その帯が、ある一部分からまたほかへと光る場所がうつるにつれて明暗ができるのだが、幽霊も一本腕の怪物になったかと思えば、一本足になり、二十本足になったかと思えば、たちまちにして首なしの二本足となり、また胴なしの首になった。消えていく部分は、闇のなかにとけ込んでしまって、まったく輪郭は見えなかった。

しかも、こんな不思議なことが起こったかと思えば、幽霊は再び元のように、はっきりと見わけのつく姿になるのだった。

「おいでになるという前ぶれのあった幽霊さまは、あなたですか？」とスクルージはたずねた。

「さよう！」

おだやかで、やさしい声だった。すぐ近くにいるのではなくて、ずっと遠方にいる者のように低く聞こえた。

「あなたはどなたで、どういうご身分のお方ですか？」と、スクルージはきいた。

「わたしは過去のクリスマスの幽霊だ。」

「ずっと大昔のですか？」

スクルージは小人のような幽霊のかっこうに目をやりながらたずねた。

「いや、おまえの過去だ。」

だれかからそのわけをたずねられても、たぶん、スクルージは答えられなかっただろうが、どういうものか、スクルージは、幽霊が帽子をかぶっているところを見たくてたまらなくなったので、それをかぶってくれないかとたのんだ。

「なんだと！　おまえはわたしが与える光を、俗世のあかにまみれた手で消そうとするのか？　おまえのような人間の欲望が、この帽子を作ったのだ。そしてこの長い年月、わたしはおまえたちの欲のかたまりのこの帽子を無理やり、深くかぶらせられていたんだ。それでもまだ足りないというのか？」と幽霊は叫んだ。

　スクルージは恐縮して、決して悪気があったのではないし、また、今までにただの一度でもわざと幽霊に「帽子をかぶらせた」おぼえはないと言いわけをした。

　それから、勇気を出して、幽霊がなんの用でここへ来たのかをたずねてみた。

「おまえのため、よかれと思ってだ！」と幽霊は言った。スクルージはありがた迷惑の気もした。そんな心の声が聞こえたのか、幽霊はすぐつけ加えた。

「おまえを改心させるために来たのだ。気をつけなさい。」

　話しながら、力強い手を伸ばして、スクルージの腕をそっとつかんだ。

「お立ち！　そしてわたしと一緒においで！」

　出歩く時刻でもないし、天気も悪い、といくらスクルージがこばんだところで、むだであったろう。

　寝床のなかは温かだが、寒暖計は、ずっと氷点下に下がっていると言っても、また、スリッパと、ねまきと、ナイトキャップだけしか着ていないと言っても、あるいは、あいにく風邪をひいているからと言ってみたところで、役には立たなかったであろう。

女の手のようにやさしい握り方ではあるが、さからうことはできなかった。彼は立ちあがったものの、幽霊が窓のほうへ行くのを見て、その長衣にしがみついて嘆願した。

「わたしは生身の人間です。落ちたら死んでしまいます。」と訴えた。

「わたしの手が、さわっていさえすれば、落ちはしない。こうすれば、この先なにがあろうとだいじょうぶだ。」

幽霊は、スクルージの心臓のあたりへ手をあてて、こう言った。

彼らは壁を通りぬけ、両側に畑が広がる広々とした田舎道へ出た。町はまったく消えてしまって、なんのあとかたもなかった。闇も霧も町といっしょに消え去って、晴れわたった、冷たい冬の日になり、地上には雪がつもっていた。

「これは、これは、驚いた！」

スクルージは両手を握りしめながら言った。

「ここはわたしの育ったところだ。子どものころ、ここに住んでいたんだ。」

幽霊はいつくしみをこめた目で彼を見た。

先ほどほんの一瞬間、それもごく軽く幽霊にふれられたのだが、その感触はまだ、スクルージ老人の身内にありありと残っていた。

空中にはさまざまな芳香が漂っていた。その香気のひとつひとつから、遠い昔の、忘れていたいろいろな考えや、希望、喜び、苦労が記憶の中によみがえってきた。

「おまえさんのくちびるはふるえてるね。頬っぺたに見えるのはなんだね？」と幽霊は言った。

スクルージはいつになく、声をつまらせて、にきびだとつぶやいた。そして、どこへでも好きなところへ連れていってくださいと、幽霊にたのんだ。

「この道をおぼえてるかね？」と幽霊がきいた。

「おぼえてますとも。」とスクルージは熱っぽく叫んだ。「目かくしをされたって歩けますよ。」

「この長い年月の間、忘れていたのは奇妙だね。さあ、先へ進もう。」と幽霊は言った。

彼らは田舎道を進んでいった。スクルージはどの門にも、柱にも、木にも、すべてに見おぼえがあった。

やがて、むこうのほうに小さな市場町が見えてきた。

橋が見え、教会堂が見え、うねり流れる川が見えた。

ふさふさとした毛並みの小馬たちが男の子らを乗せて、こっちへ駆けてきた。

馬上の子どもたちは、村人が引いている田舎馬車や荷馬車に乗っているほかの少年たちに呼びかけて、にぎやかにふざけ合っていた。

子どもたちはみんな、大はしゃぎにはしゃいで、たがいに大声で呼び合っていたので、やがて広い野原一面に楽しい音楽が満ちわたり、すがすがしい冬の空気までが、笑い出しているように思われた。

「これはみんな、昔起こったことの影なのだから、あの連中は、わたしたちには少しも気がついていないのだ。」と幽霊は言った。

陽気な連中は近よってきた。見れば、その一人一人を、スクルージは知っていて、みんなの名前を呼ぶことができた。

この人々を見るのがなぜ、このように、とめどもなくうれしいのだろう? 彼らとすれちがったときに、スクルージの冷たい目に涙がうかび、胸がおどったのはなぜだろう。

町角や横町で別れ別れになるとき、人々が口々にクリスマスおめでとうを言い合うのを聞いて、スクルージが喜びで満たされたのは、なぜであろうか?

めでたいクリスマスがどうしたというんだ? クリスマスおめでとうもあったものじゃない! クリスマスでなんのもうけがあったというんだろう?

「学校はまだ、すっかりからっぽにはなっていない。友だちに仲間はずれにされて、一人ぼっちの男の子がまだいる。」と幽霊は言った。

スクルージは、知っていると言ってすすり泣いた。

彼らは大通りから離れて、よくおぼえている小道へと曲がった。

まもなく、かつて学校だったくすんだ赤煉瓦の屋敷に近づいた。屋根の上に風見鶏がついた丸屋根があり、そこに鐘がつりさげてあった。

それは、没落した大きな家で、広い台所も使われなくなって久しく、壁はしめっぽくて苔が生えていた。窓はこわれ、門はくさっていた。

鶏は、厩でコッコッと鳴きながらいばり返っているし、馬車納屋や物置小屋には草がぼうぼうと茂っていた。家の中も同じように荒れはてて、昔のにぎやかな面影はさらにない。

さびれきった玄関を入って、あけ放しになっているドアから部屋部屋をのぞいてみても、ろくな家具や飾りもなく、いんきで、むやみにだだっ広い感じがするばかりだった。

土くさい匂いと、がらんどうの家は、朝早く暗いうちからロウソクの光をたよりに働いても、満足な食べ物も得られない貧しい暮らしを思い起こさせた。

幽霊とスクルージが廊下をぬけると、奥の戸があき、そのむこうには殺風景な、長い、暗い部屋が見えた。中にはなんの飾りもない、松材の腰かけや机が何列もならんでいて、それがなおのこと、あたりをわびしく見せていた。

ひとつの机にしょんぼりと、たった一人、蛍のようなとぼしい火にあたって、男の子が本を読んでいた。

　スクルージは自分もひとつの腰かけにすわった。今のいままで、まったく忘れはてていた遠い昔の、いじらしい自分の姿をながめて泣いた。

　家の中にひそんでいる反響も、天井裏でハツカネズミがキーキー鳴きながら走りまわる物音も、うす暗い裏庭の筧の水の凍ったのが溶けてぽたりぽたりと落ちるしずくも、葉の落ちつくした、たった一本で立っているポプラのもらすさびしいためいきも、からっぽの倉庫の扉がバタリバタリとあいたりしまったりするのも、火がぱちぱちはねるのも、なにもかも、ひとつひとつがスクルージの胸に迫ってきて、がんこな心をやわらげた。とめどもなく流れる涙のたねにならないものはなかった。

　幽霊はスクルージの腕をつついて、一心不乱に本を読みふけっている、少年時代の彼の姿を指し示した。

　そのとき、突然に、驚くほどはっきりと、異国の装束をまとった一人の男の姿が窓の外へうつった。ほんとうにその人がそこへ来たようにありありと見えた。ベルトに斧をはさみ、ロバの背中に薪を積みあげて、手づなを引いていた。

「おや、アリ・ババだ。」

　とスクルージは夢中で叫んだ。

「正直者のアリ・ババだ。そうだ、そうだ。知ってる、知ってる！　ある年のクリスマスのまえの晩、一人ぼっちのあの子が、あそこでみんなにほっぽらかされてぼんやりしていたときに、はじめて、ちょうどあの通りのかっこうをして、アリ・ババがやって来たんだっけ。かわいそうだったなあ、あの子は！

　やあやあ、騎士（きし）ヴァレンタインも、それから、あれあれ、乱暴者の弟のオルソンも、あそこにいるな。それから、下着のままで眠（ねむ）ってる間に、ダマスカスの門のところで捨てられた男の名はなんて言ったっけな。その男もいる。

　あなたにも見えるでしょう？　それからサルタンの家来で、悪魔（あくま）にまっさかさまにされた男が、あそこでさか立ちをしている。いい気味だ。わたしはうれしい。あんなやつが姫君（ひめぎみ）と結婚（けっこん）するなんて、もってのほかだ。」と、スクルージは言った。

　スクルージが、こんなことに夢中になって、泣き笑いをしながら怒鳴（どな）りたて、興奮しているところを、ロンドンじゅうの商売仲間が見たら、どんなに驚（おどろ）いたことだろう。

「あそこにオウムがいる。」

　とスクルージは叫（さけ）んだ。

「緑のからだに黄色のしっぽで、頭のてっぺんから、レタスのようなものを生やしてるよ。島をひとまわりしてきたロビンソン・クルーソーに、あのオウムが『かわいそうなロビンソン・クルーソー、どこへ行ってたの、ロビンソン・クルーソー？』って、こう言ったんだよな。夢かと思ったけれど、夢じゃなくて、オウムだったんだ。

　やあ、フライデーが、小さな入（い）り江（え）をめがけて走っていく！　おおい！

しっかりぃ！　おおい！」

こんなことを言いつづけていたが、そのうちに、いつものスクルージとは似ても似つかぬ気の変わり方を見せて、急に昔の自分をあわれみ出し、「かわいそうな子だ。」と言って再び泣いた。

「かわいそうに。」

スクルージはそで口で目をふきふき、ポケットへ手をつっこんでから、あたりを見まわして、つぶやいた。

「だが、もうおそい。」

「どうしたのだ？」と幽霊がたずねた。

「なんでもない。なんでもないんですが、昨晩、わたしの家のかど口へ来て、クリスマスの歌を歌おうとした男の子があったのに、なにかやればよかったと思っただけです。」とスクルージは言った。

幽霊は意味ありげな笑みを浮かべて手をふった。

「さあ、もうひとつのクリスマスを見に行こう。」

その言葉とともに、昔のスクルージはずっと大きくなり、部屋はまえより暗く、汚らしくなった。羽目板はゆがみ、窓にはひびが入り、天井のしっくいはところどころ落ちて、下地の木摺りが見えていた。

しかし、どうしてこんなに変わりはてたのかは、読者にわからないのと同じく、スクルージにもわからなかった。ただ、彼はこれが実際に起こったことだと納得していた。彼はこの通りひとりぼっちで、ほかの子どもたちが休暇で帰省したときも残っていたのだ。

少年は今度は本も読まず、がっかりしたような足どりで、あっちこっちと歩きまわっていた。スクルージは幽霊のほうを見て悲しげに頭をふり、気づかわしげに戸口のほうをながめていた。

戸があいた。少年よりずっと年下の女の子が飛んできて、少年の首に腕をまきつけて、何度もキッスしながら「お兄ちゃん。」と呼んだ。

「お兄ちゃん、おむかえにきたのよ。」

と、女の子は言って、手をたたき、身をかがめて笑った。

「お家へ帰るのよ、お家へ、お家へ！」

「お家へだって、ファン？」少年はたずねた。

「ええ、そうよ。」

と答える顔に喜びがあふれている。

「お家へずーっと帰りっきりに帰るのよ。いつまでも、いつまでもお家にいられるのよ。お父さんはまえよりも、ずっとやさしくおなりになったの。だからお家は天国のようよ。こないだね、わたしが寝るときに、とてもやさしくお話ししてくださったから、わたしは怖くなくなって、お兄ちゃんをよんできてもいいかってきいたの。そうしたらね、連れてきてもいいって言ってね、あたしを使いによこしたのよ。あたし、馬車で来たのよ。そしてね、お兄ちゃんはもう大人なんだって！」

と少女は目をぱっちり見はって言った。

「だからもうここへは戻らなくていいのよ。それでね、クリスマスの間じゅうずっとみんな一緒にいて、世界じゅうでいちばん楽しくするのよ。」

「おまえもすっかり大人になったね、ファン。」と少年は感心した。

少女は手をたたいて笑った。兄の頭にさわろうとしたが、届かないのでまた笑った。そして爪先で立って、彼に抱きついた。

それから子どもらしい熱心さで兄を戸口のほうへ引っぱっていくと、兄もならんで妹についていった。

「スクルージのかばんを運びおろしてきなさい。」と恐ろしい声が廊下のほうにきこえたかと思うと、そこへ校長があらわれた。

校長としてはていねいな態度でスクルージに対しているのだが、少年にはものすごく恐ろしげに思えたらしく、握手をされたときには、縮みあがってしまった。

校長はスクルージ兄妹を世にも寒々しい、古井戸のような応接室へ案内した。壁の地図も、窓ぎわにあった地球儀と天球儀も、寒さでうっすらと蠟をひいたように白っぽく見えた。

校長は、奇妙にうすい葡萄酒ひと瓶と、これもまた奇妙に重い菓子をひとかたまり出して子どもたちにすすめた。

同時に、やせっぽちの小使いに命じて、馭者にも得体の知れない飲み物を一杯持っていかせた。ところが、馭者は、旦那さまのお心づかいはありがたいが、まえに飲んだのと同じものならもうけっこうだとことわった。

スクルージのトランクは、もうそのときには馬車の上にしばりつけてあった。子どもたちは元気よく校長に別れのあいさつをして馬車に乗りこみ、威勢よく庭の馬車道を抜けて進んだ。めまぐるしくまわる車輪は、常緑樹の黒ずんだ葉から、霜や雪を飛沫のようにふりおとして進んだ。

「あの娘は、そよ風にもたえられないようなか弱いからだだったが、情けぶかい気立てのいい子だった。」と幽霊が言った。

「はい、そのとおりでした。まちがいはありません、幽霊さま。」

「結婚してから死んだのだね、子どもがあっただろう？」

「一人ありました。」とスクルージは答えた。

「そうだった。おまえさんの甥だね。」

スクルージはなんとなく落ちつかない気持ちになった。そしてただ「そうです。」とだけ答えた。

つい今しがた学校を後にしたばかりだったが、幽霊とスクルージは、ある町のにぎやかな大通りへ出た。影法師のような通行人が行き交い、影法師のような荷馬車や馬車が道を争うようすは、まったく本物の町のようであった。店頭の飾りつけを見ると、再びクリスマスの季節であるのはあきらかだった。

幽霊はある商店の前で足をとめて、スクルージに、この家を知っているかとたずねた。

「知るも知らないも、わたしはここに奉公していたんです。」

二人は中へ入った。毛糸の帽子をかぶった老紳士が高い机に向かっていたが、この人があと二インチも背が高かったら、天井に頭がつかえるだろうと思われるほどだった。

スクルージは、はげしい興奮のうちに叫んだ。

「フェジウィグのご老人だ！　こりゃどうしたことだろう、フェジウィグが生き返った！」

フェジウィグ老人はペンを置いて、柱時計を見上げた。針はちょうど七時を指していた。老人は両手をさすり、だぶだぶのチョッキを直し、足の爪先から頭のてっぺんにまでひろがるような大笑いをしてから、愉快(ゆかい)で、なめらかな、ゆったりした声で呼びたてた。

「やあやあ！　エビニーザとディックじゃないか！」

今度はもういい若者に成長した昔のスクルージが、奉公(ほうこう)仲間の一人と一緒(いっしょ)に足早にはいってきた。

「ディック・ウィルキンズです。」

とスクルージは幽霊(ゆうれい)に言った。

「たしかにあいつだ。わたしによくなついていました、ディックは。かわいそうなディックだ。ああ、ああ！」

「やれやれ、おまえたち！」

とフェジウィグが言った。

「もう今夜は仕事はしまいだ。クリスマス・イブだ、ディック。クリスマスだよ、エビニーザ！　戸を閉めるとしよう。」

とフェジウィグ老人はぽんと手をたたいた。

「大急ぎでな。」

二人の少年がいかに早く言いつけにしたがったか、その素早いことと言ったら、信じられないほどだった。

一、二の三で戸板を表へ持ち出し、四、五、六ではめ、七、八、九で閂をさし、かけがねでとめ、そして十二まで数えないうちに、競走馬のように息せききって戻ってきた。

「ほうい！」

フェジウィグは驚くべき軽快さで、高い机から飛びおりた。

「さあさあ、おまえたち、ここを片づけて広くするんだ。おい、ディックや、威勢よくな、エビニーザや。」

片づけろ！

フェジウィグ老人の監督のもとでは、なにひとつ片づけずにおくものはなく、片づけられないものもない。

部屋はあっという間に片づいた。動かせるものはなんでもみんな、もう永久に用はないというぐあいに片づけてしまい、床ははいて水をまき、ランプも手入れし、炉には薪を重ねた。

店は、冬の夜には申しぶんのない、暖かく清潔な、明るいダンスホールになった。

そこへ、楽譜を持ったヴァイオリン弾きが現れた。あの高い机のところへあがっていって、そこをオーケストラ・ボックスにし、五十人の胃痛病みがうめくような音を出して調子を合わせた。

つぎに、満身これ笑顔と言いたいようなフェジウィッグ夫人があらわれた。フェジウィグ家の美しく、愛らしい三人の娘たちも出てきた。この三人の娘たちのために失恋の憂きめにあった六人の若者も、入ってきた。

この店に雇われている若い男女もみんなやってきた。女中は、いとこのパン屋といっしょだったし、料理女は自分の兄弟の親友の牛乳屋と連れだってきた。

むかい側の家の住み込みの小僧もやってきた。この小僧は主人から食べ物もろくろくあてがわれないのではないかと思われるようすをしていた。小僧は一軒おいてとなりの家の女中の背後にかくれようとしていた。この女中は女主人に耳を引っぱられてばかりいた。

次から次へとみんな入ってきた。恥ずかしそうにしている者、いばっている者、しとやかな者、無器用者、押す者があれば引っぱる者もある。が、とにかく、どうにかしてみんな入ってきた。

そして、二十組がいちどに踊りだした。

手をとり合い、半分ほどまわり、くるりと向きをかえて反対まわり。部屋のまんなかまでいくかと思うと、また引き返す。

仲のよい組み合わせがいくつもできて、くるくると踊っていた。

先頭組はいつもまちがった所で曲がってしまう。新たな先頭の組はそこまで行くやいなや、これも横へそれてしまう。ついには、どれもこれも先頭組になってしまって、しんがりをつとめる組はひとつもない始末！

こんなありさまになったとき、老フェジウィグは手をたたいてダンスをやめさせ、「上出来！」と叫んだ。

ヴァイオリン弾きは、ほてった顔を、用意されてあった黒ビールの大ジョッキのなかへ突っこんだ。けれども顔をはなすと、踊りの始まらないうちにすぐまた弾きはじめた。

休息をとることなどまったく考えもせず、まるで、まえの弾き手は疲れきって戸板の担架にのせられて家へ送り返されたので、自分はまったくの新手で、さっきの弾き手よりもずっとすぐれた腕前を見せるか、さもなければ倒れるまで弾いてやろうと意気ごんでいるようだった。

踊りはまだ続いた。

それから罰金遊びがあり、また踊りがはじまる。

菓子やニーガス酒、ローストビーフやハムやミンス・パイやそれにビールもふんだんにあった。

けれどもその夜の圧巻は、焼き物や煮物の料理のあとで、例の弾き手（ぬけ目のないやつですぞ！　あなたやわたしなどから言われずともちゃんと自分の仕事を心得ている手合いですがね！）が、流行りのカントリーダンス「サー・ロジャー・ド・カヴァリイ」を弾きだしたときに、フェジウィグ老人が夫人の手を取って踊りだしたことだった。

　二人のために選んであったこの相当むずかしい曲に合わせて、先頭をつとめようという意気ごみだった。二十三、四組の踊り手があとに続いた。いずれもあなどれない連中だった。踊りに熱中して、適当に歩くことなんか考えもしないのだ。

　けれども、たとえ彼らの数が二倍あっても――いや四倍でも――フェジウィグ老人はひるまなかったであろう、フェジウィグ夫人にしても同様であった。

　そういえば夫人はいかなる意味から考えても、老フェジウィグの相手としてふさわしかった。これでもほめたりないのならば、わたしになにか適当な言葉を教えていただきたい、それを使おう。

　フェジウィグのふくらはぎのあたりからは、光が発しているように思えた。踊っているあいだ、月のように光っていた。

　次の瞬間がどう動くかをだれも予想できなかった。フェジウィグ夫妻は進んだりもどったり、両手を取り合ったり、お辞儀をしたり、らせん状に進んだり、つないだ手の下をくぐったり、それから再び元の場所へもどったりして、ひととおりあらゆるダンスを踊りつくした。そして、元の場所へもどったときに、フェジウィグは高く跳んで左右の足をすばやく交差させてみせた。

それは素晴らしい跳び方で、まるで足でまばたきをしたかのように跳びあがって、そしてよろめきもせずに再びしゃんと立った。

時計が十一時を打つのをきっかけに、この家庭舞踏会はおひらきとなった。

フェジウィグ夫妻は入り口の両側に立って、出ていく男女ひとりひとりと握手し、クリスマスの祝いをのべた。

みんなが去ってしまうと、夫妻は二人の奉公人の少年たちにも同じように握手をし、同じようにクリスマスの祝儀をのべた。

やがて、喜ばしい声々も静まり、二人の少年たちは店の奥の勘定台の下の寝床にもぐりこんだ。

スクルージはこの間じゅう、ずっと我を忘れたかのようなありさまだった。彼は心も魂もこの場面に吸いこまれて、昔の自分と一緒になった。すべての事柄を確認し、すべてのことを記憶し、そして言いようもない不思議な感激をおぼえた。

やがて、昔の自分とディックの晴れやかな顔が消え去ったとき、はじめてスクルージは幽霊が自分の上にじいっと目をすえているのに気がついた。幽霊の頭上には光が煌々と燃えていた。

「こんなばかなやつらをこんなにありがたがらせるなんて、くだらないことだ。」と幽霊が言った。

「くだらないですって！」とスクルージはオウム返しに言った。

幽霊は、二人の少年がフェジウィグを心の底からたたえているのを、スクルージに聞けと合図した。スクルージはそれに従った。

「だってねえ！　そうじゃないか？　彼はせいぜい三ポンドか四ポンドを使っただけじゃないか。それをこんなにありがたがられるってことがあるのかい？」

「そうじゃありませんよ。」

　スクルージはやっきになって言った、しかも無意識のうちに、現在の自分ではなく、昔の自分に返って言った。

「そうじゃありませんよ、幽霊さま。あの人はわたしたちを幸福にも不幸にもする力を持っているんです。それから、わたしたちの仕事を軽くも重くも、また楽しくも苦しくもすることのできる力を持っていたんです。

　それがあの人の言葉や表情にすぎなかったとしても、それがとるに足らないささやかな事柄だったとしてもですね、あの人がわたしたちを幸せにしようとしてくだすった労力は、ひと財産投げだしてくださったのと同じなんですよ。」

　スクルージは、幽霊の目がじっと自分の上にそそがれているのに気がついて口をとじた。

「どうしたんだ?」と幽霊(ゆうれい)がたずねた。

「べつだん、どうもありません。」とスクルージが答えた。

「なにかあるだろう?」と幽霊(ゆうれい)が追及(ついきゅう)した。

「いいえ。」とスクルージは断言した。「どうもしませんですが、わたしは今、自分のところの書記にほんのひと言、言いたいことがあるんです。」

スクルージがこう言ったときに、若き日のスクルージはランプのしんを細め明かりを落とした。

そしてスクルージと幽霊(ゆうれい)は、再び、肩(かた)をならべて戸外に立っていた。

「もう時間がない。急げ!」と幽霊(ゆうれい)は言った。

これはスクルージに語ったことでもなく、目には見えぬ何者かにむかって言ったことでもないが、たちまちにしてその効果はあらわれて、ふたたびスクルージの昔の姿があらわれ出た。

今度はまえよりも年をとって、血気さかんな男であった。

その顔には、のちに見られるようなきびしい、こわばった表情は見えなかったが、気苦労と貪欲(どんよく)の色をそろそろ帯びはじめていた。目つきには落ちつきがなく、あくせくとして利益を求めているのが映っていた。すでに執着(しゅうちゃく)が根を張り、しだいに枝葉をのばし、しげらせ、そこにやがて落とす影(かげ)を示していた。

昔のスクルージは一人ではなかった。喪服を着た若い娘のかたわらにすわっていた。娘は目に涙をたたえ、その涙は「過去のクリスマスの幽霊」からさす光でキラキラ輝いていた。

「なんでもないことよ。」

と娘はやさしくささやいた。

「あなたにとってはほんとに取るに足らないことですもの。わたしのほかに偶像ができたというだけ。だから、これから先、わたしが一生懸命努力してもかなわないほど、それが、あなたをなぐさめ力づけることができるのでしたら、わたしが悲しむ必要はないんですものね。」

「どんな偶像がおまえのかわりになったって言うんだね？」とスクルージは問い返した。

「金色のものよ。」

「これが世間の公平なやりくちなんだね。」とスクルージは言った。「世間は貧乏人にはじつに、つらくあたる。それでいていっぽうでは、富を求めようとすると非常にきびしく攻撃するんだ。」

「あなたはあんまり世間を恐れすぎているわ。」

と娘は答えた。

「世間からあなどられまいとする望みにとらわれて、ほかの希望はすっかり捨てておしまいになった。わたしはあなたの気高い向上心がひとつずつ、ひとつずつ枯れ落ちて、とうとう、お金もうけという、いちばん大きな欲が、すっかりあなたを占領してしまうのを見てきたのよ。そうじゃないこと？」

「それがどうしたというんだ？」と彼はいきりたって、「よしんばわたしがそんなに利口者になったところで、きみへの思いは変わりはしないさ。」

娘は頭をふった。

「変わったと言うのか？」

「わたしたちが約束したのは昔のことよ。そのころ、わたしたちはふたりとも貧乏で、でも満たされていたわ。こつこつと働きさえすれば、世間なみの生活ができると思っていたじゃありませんか。でも、あなたは変わってしまった。約束をしたときのあなたとは、まるで別の人だわ。」

「子どもだったんだよ。」とスクルージは、めんどうくさそうに言った。

「あなたも、ご自分の気持ちが変わったことはお認めになるでしょう。わたしは変わりません。わたしたちの気持ちがひとつだったときには、将来の幸福への希望だったものも、今こうして心が離れればなれになっては、かえって不幸の元になるわ。わたしは今まで、どんなにこのことについて思い悩んだか。考えに考えた末、約束を取り消しにきたの。それでいいでしょう。」

「わたしが取り消しを求めたことがあるか？」

「言葉に出しては、一度も。」

「では、どうしてなのだ？」

「人が変わってしまったのよ。気持ちが変わり、暮らし方が変わり、生きる目的が変わったのよ。わたしの愛なんか、あなたにはなんの値打ちもなくなってしまった。もしわたしたちの間に約束がなかったとしたら……。」

と娘はやさしく、しかし、しっかりとスクルージを見つめた。

「あなたは今のわたしを探しだして、愛をお求めになる？　そうはなさらないでしょう、けっして！」

さすがに彼もこれを認めないわけにはいかぬらしかった。それでも、やせがまんをした。

「それはきみの思いすごしだ。」

「わたしだってそんなふうに考えたくはありません、できるならば。」

と娘は答えた。

「神さまはご存じよ！　わたしにも真実がわかった以上、もうどうすることもできないと悟りました。もし、あなたが、きょうでも明日でも昨日でも、自由であったとして、持参金なしの娘をお選びになるとは、いくらわたしでも考えられません。――ふたりきりで仲よくしている時でさえ、すべて欲得で判断するでしょうし、それにまた、わたしを選ぶときに、ほんのちょっとの間、ご自分のその主義を捨ててみたとしても、すぐそのあとで後悔したり、残念がるにきまっているわ。わたしにはわかっています。

さあ、だから、わたしはあなたとの約束を取り消してあげます。かつてのあなたへの愛のために、心から喜んで。」

スクルージはなにか言おうとしたが、娘は顔をそむけて言葉だけ続けた。

「あなたも苦しいでしょう――わたしたちの今までのことを思い返せば、あなただって苦しいはずだと、せめてそう考えたくもなります――。

でも、それもほんのちょっとの間で、わたしのことは、あなたの思い出のなかから消えていくことでしょう。役にも立たない夢として、そんな夢からは、さめて幸いだったとお思いになるでしょう。あなたの選んだ生活が、どうぞお幸せであるようにと、お祈りします！」

娘は男から離れていった。これで二人は別れたのだ。

「幽霊さま！」スクルージは言った。「もうこれ以上、見せないでください。家へ連れていってください。わたしをこんなに苦しめて、なにがおもしろいのですか？」

「もうひとつの幻影があるんだ。」と幽霊は説明した。

「もうじゅうぶんだ！　これ以上見たくありません。やめてください。」とスクルージはこばんだ。

けれども幽霊は、ようしゃなくスクルージを両腕のなかに羽がいじめにして、無理に次に展開することを見せた。

それはべつな場所での、べつの光景であった。

たいして広くもなく立派でもないが、居心地よくできている部屋であった。美しい娘が暖炉のまえに腰かけていた。

その娘と相対している、身ぎれいな母親を見るまでは、まえの場面のあの娘だとばかりスクルージは思いこんでいたが、昔の彼女は今では立派な母親になっていたのだ。

部屋のなかの騒々しさはそうとうなものだった。

スクルージは動揺しきっていて、大勢の子どもたちの数を数えられなかった。あの有名なワーズワースの詩の中で、四十頭の牛がたった一頭の牛のようにそろって草を食んでいるのとは違って、四十人の子どもらがめいめい勝手に四十人分はしゃいでいるのだ。その結果は信じられないほどの大騒動であった。
が、だれもそれを気にとめる者はないらしかった。それどころか、母と娘はそれを楽しんでいるらしく、笑いころげていた。娘のほうはやがて遊びの仲間入りをしたが、無邪気で乱暴な子どもたちに、たちまち衣服をひきちぎられてしまった。

自分ももしあの仲間の一人になれるんだったら、どんなものでも差し出すがな！　とスクルージは思った。

だが、あんな乱暴はできない、絶対にできない！　全世界の富をさし出されても、あの編みあげた髪の毛を引っぱったり、ばらばらにしたりはしないな。

神もご照覧あれ！　わたしはたとえ自分の命を守るためでも、あの貴重なかわいい靴を無理に引っぱり取ったりはできない。いくら冗談だって、あの若いひよっこがやってるように、あの娘の腰まわりをはかると言って飛びついたりはしないね。そんなことをしたら罰はてきめんで、腰のまわりにわたしの腕が根をはって、二度とまっすぐには伸びなくなるに決まってる。


　しかし、本心を白状すれば、スクルージはたまらなくあの唇にふれたかった。その唇をひらかせるために話しかけてみたかったのだ。あの伏し目がちのまつげを見つめても、彼女が顔を赤らめないでいてくれたらいいのだが、あの髪の毛をほどいて、波うたせるところを見たいのだ。あの髪の毛はたとえ一インチでも、かけがえのない貴重な記念品になるだろう。


　ひと口で言えば、スクルージの本当の気持ちは、子どものように気軽に自由にふるまいながらもそれを特権と感じて、じゅうぶん喜べるだけの大人でありたかったのだ。

入り口の戸をたたく音が聞こえ、子どもたちがそちらへ突進した。

にこやかに微笑む彼女は、みだれた服のまま、まっ赤な顔をして騒いでいる子どもたちにかこまれながら、父親の帰りをむかえるのに間に合うようにと、入り口のほうへ引きずられていった。

父親はクリスマスのおもちゃや、贈り物をかかえた男をしたがえていた。なんの心の準備もしていなかった荷物持ちの男は、叫び声をあげながら押し合いへし合い殺到する子どもたちの不意打ちをくらった！

椅子をはしごがわりに男の体にはいあがってポケットへ手を突っこむ、桃色の紙包みをひったくる、えり飾りにしがみつく、首にかじりつく、背中をたたく、うれしさあまって脚を蹴る！

紙包みがひらかれるたびに、驚きとよろこびの歓声があがった。

赤ん坊が人形のフライパンを口へ入れようとしたところをおさえられた。しかし木皿にのりづけになっていたおもちゃの七面鳥はのみこんでしまったらしい、そうにちがいないという恐ろしい報告！　続いてそれが誤報だとわかって大安心！　歓喜、感謝、興奮！

言葉にできない感情の嵐だった。

やがて、喜びわめく子どもたちもだんだんに客間から去り、階段を一段のぼっては足を止め、また一段あがっては止まり、一段あがっては止まりして、やっとのことで一番上の部屋の寝床におさまり、ようやく静かになった。

さて、スクルージがいっそうの注意をもって見ていると、この家の主人が娘をやさしく抱きよせながら、妻と向きあい、炉辺に腰をおろした。

自分にもあのように心やさしく、たのもしい娘がいて、自分を父と呼んでくれたら、霜枯れ果てた冬のような生涯にも、春の光がさすだろうにと思っているうちに、スクルージの目が涙でぼうっとうるんできた。

「ベルや。」と妻のほうを見やって夫は微笑んだ。「おまえの昔の友人にきょう会ったよ。」

「だれですの？」

「あててごらん！」

「わかりませんわ。ああ、わかったわ。」とひと息に言って、夫の笑顔に答えながら、「スクルージさんでしょう。」と言った。

「いかにもスクルージさんだよ。あの人の事務所の前を通ったらね、表はしまっていたけれど、ロウソクがついていたので、のぞいてみないわけにはいかなかったのさ。あの人の仲間は、病気で死にかかっているとかいうことを聞いたがね。ところで、スクルージさんは、たった一人で部屋にすわりこんでるのさ。まったくの一人ぼっちだね。」

「幽霊さま！」スクルージは絶え絶えの声で言った。「どうか、わたしをほかのところへ連れてってください。」

「言ったろう、これはみんな、今まで起こったことの影法師だと。」と幽霊は言った。「すべてがあのとおりだからといって、わたしを責めないでくれ。」

「どこかへ連れてってください。」

とスクルージは叫んだ。

「とても耐えられない。」

スクルージは幽霊のほうを向いたが、幽霊の顔が、それまでに見せたさまざまの人物の顔の面影を奇妙に映しだして、自分をじっと見つめているのに気がついたので、スクルージはいっそう強く食いさがって言った。

「わたしから離れてくれ！　わたしを連れもどしてくれ。二度とわたしにつきまとうな！」

この争いのあいだに——幽霊は何ひとつ抵抗も、ひるみもしないのだから、争いと言えればだが——スクルージは幽霊の頭上の光が、高く、煌々と燃えているのを見た。おそらくこの光が自分に力をおよぼしていると感じたスクルージは、火消しぶたの帽子を奪いとって、いきなり幽霊の頭に押しかぶせた。

幽霊はへたへたとつぶれ火消しぶたの帽子の下にすっぽりと隠れて見えなくなった。

しかし、いくらスクルージが力いっぱいに帽子をおしつけても、光をかくすことはできなかった。光は帽子の下から洪水のようにあふれだして、あたり一面を照らした。

スクルージはまったく疲れ果て、どうにも抵抗のできない睡魔におそわれた。そしていつしか、自分の寝室にいることに気がついた。

彼は力をふりしぼり、火消しぶたの帽子に最後のひとねじりをあたえた。そのとたんに手がゆるみ、ようやくのことで寝床の中へすべりこむが早いか、深い眠りに落ちこんだ。

第3章　第二の幽霊

スクルージはひどいいびきをかいて眠っていたが、ふと目がさめたので、頭をはっきりさせようと寝床の上に起きあがった。

人に言われるまでもなく、今まさに鐘がふたたび一時を報じるところであることを知った。ジェイコブ・マーレイの手引きでよこされる第二の使者と、これから会見しなければいけないという特別の用事をひかえているのに、なんとまあ、きわどいときに目をさましたものだろう。

今度の幽霊がカーテンのどこのあたりを開けて入ってくるのかなと思うと、ぞっと寒気をおぼえ、スクルージは自分で片っぱしからカーテンをひいて開けてしまい、それからまた横になって、あたりに鋭く目をくばっていた。

幽霊が現れたとき、しゃんとした態度でいたたい、不意を打たれて、ふるえあがるのはいやだったからである。

世の中の裏も表も知りつくしているのを自慢にしている豪放な紳士たちは、コイン投げゲームから殺人にいたるまで、なんでもござれだといって、自分たちがありとあらゆる冒険的な能力に満ちあふれていることを吹聴する。たしかにコイン投げゲームと人殺しという両極端のあいだには、かなり幅広い種類のおこないがふくまれているものだ。

スクルージはこうした紳士たちほどには大胆な人物ではないが、しかし彼としても不思議な出現物にそなえて、かなり幅のある心がまえをしていた。赤ん坊からサイにいたるまで、なにが出てもたいして驚かなかっただろうということは信じていただきたい。

というわけで、スクルージはほとんど、いかなるものに対する心がまえもできていたが、なにも出てこないという事態への準備はできていなかった。

それで、鐘が一時を打っても、なにも形のあるものが現れてこないとなると、にわかに激しくふるえだした。

五分すぎ、十分すぎ、十五分すぎたが、何者も現れなかった。その間じゅうスクルージは、燃えるように赤い、光のただなかに横たわっていた。光は、鐘が一時を報じると同時にさしこんできたのである。

そして、それがただの光であるだけに、彼にとっては幽霊十二人ぶんより、もっと気味が悪かった。それがなんのためのものか、なにをしようとしているのかがわからないからである。

自分がなにか興味ある実験の材料になっていて、なんの前ぶれもなく、自然にぼうっと燃えあがってしまう燃料にされているんじゃないかという心配もわいてきた。

　しかし、ついに彼は思いついた――みなさんやわたしなら、はじめから考えついていたことであるのに。いつの場合でも、第三者のほうがどうしたらいいかわかっていて、それを実行してみるものである――そういうわけで、ようやく彼もこの不気味な光の源と秘密は、となりの部屋にあるのではないかと気づき、さらに光をたどっていくと、どうやらそちらからさしてくるらしいのである。

　そして、スクルージはそっと起きあがり、スリッパを引きずりながらドアのところへ行った。

　スクルージの手が鍵にかかったとたん、聞きなれない声が彼の名を呼び、おはいりと言った。彼はそれにしたがった。

　そこは彼の部屋だった。まちがいなく。

　しかしびっくりするような変わり方をしていた。壁や天井は青々とした緑の葉でおおわれ、森のようだった。ヒイラギやヤドリギ、ツタなどのつややかな葉が光を反射して、無数の細かい鏡をちりばめたようだった。

　そして、暖炉ではいきおいよく火が燃え、煙突をごうごうといわせていた。このようなことは、スクルージの時代、いや、マーレイや、そのずっと以前にすぎさった幾冬このかた、石のような陰気な炉にとって、絶えてひさしいことであった。

七面鳥や鵞鳥、野鳥、鶏、塩漬けの煮豚、大きなかたまり肉、仔豚、長くつながったソーセージ、ミンス・パイ、プラムのプディング、牡蠣の樽詰、赤く焼けた栗、桜色のほっぺたの林檎、みずみずしいオレンジ、香りのよい梨、十二日節の特大のデコレーションケーキなどが床にうずたかく積みあげられ、玉座のような形をなし、煮え立つパンチから立ちのぼる良い匂いの湯気で、部屋はかすんでいた。

この玉座の上には、見るからに気持ちのよさそうに、陽気な巨人がゆったりとすわっていた。

手には、豊饒の角に似た形の燃えさかる松明を持ち、スクルージが戸のむこうからのぞきこみながら入ってくると、それを高くかざし、その光を注いだ。

「おはいり!」

と幽霊は叫んだ。

「おはいり! そして、わたしをもっとよく見るがいい。」

スクルージはおずおずとはいっていき、この幽霊の前に頭をたれた。

彼は、今までの頑固なスクルージではなかった。幽霊の目は明るくやさしそうではあったが、目を合わせる気にはなれなかった。

「わしは現在のクリスマスの幽霊なのだ。わしをごらん!」

スクルージは、うやうやしくその通りにした。

幽霊がまとっているのは、白い毛皮でふちどりのしてある濃い緑色のマントのような質素な長衣、ただ一枚きりだった。この服がごくゆるやかに肩からかかっているだけだったので、広い胸があらわに見えて、わざわざなにか人工的なもので守ったりかくしたりする必要はないといばっているかのように思われた。

長衣のたっぷりしたひだの下から見えている足も、はだしだった。

頭にかぶっているものといえばヒイラギの冠だけで、それには、つららがキラキラとあちこちに下がっていた。

長い鳶色の巻き毛はのびるにまかせてたれており、やさしそうな顔も、輝く目も、開いた手も、元気のよい声も、くつろいだ態度も、ほがらかなようすも、すべてがゆったりとしていた。

腰のあたりに古風な刀の鞘を帯びていたが、中身の剣はなく鞘も古いので、さびてぼろぼろになっていた。

「これまで、わしのような者は見たことがないのだね！」

幽霊は大きな声で言った。

「はい、ございません。」と、スクルージはそれに答えた。

「わしの家族の若い連中と一緒に歩いたことはないのかね？　つまり（わしはずっと若いので）わしと年の近い兄貴たちとだよ。」

「どうもそのような記憶がございませんが。ご兄弟は大勢おありなのですか、幽霊さま？」

「千八百人以上いるね。」と、幽霊は言った。

「そんなに大勢さんでは、さぞや、ものいりなことだろう。」と、スクルージはつぶやいた。

現在のクリスマスの幽霊は立ちあがった。

「幽霊さま。」とスクルージはおとなしく言った。「どこへなりと、つれていってくださいまし。昨夜はしかたがなくついてまいりましたが、教えていただいたことが今、わかってきました。今夜も、なにか教えてくださるなら、どうか、それによって、自分のためになるようにいたします。」

「わしの衣に手をふれなさい！」

スクルージは言われたとおりにし、衣にしっかりつかまった。

たちまち、ヒイラギ、ヤドリギ、赤い実、ツタ、七面鳥、鵞鳥、野鳥、鶏、塩漬けの煮豚、かたまり肉、ソーセージ、牡蠣、ミンス・パイ、プディング、果物、パンチなどが全部、消えてしまった。

同様に部屋も火も赤々とした光も、夜の時間もみな消えて、二人はクリスマスの朝の街頭に立っていた。

街頭では（きびしい寒さなので）人々はあらあらしくはあるが、軽快でこころよい音をたてながら、住宅の前の舗道の雪かきをしたり、家の屋根から雪をかき落としたりしていた。上から下の道にバッサリ落ちてくる雪が、小さな吹雪のようにくだけるのを見て、少年たちは大喜びだった。

なめらかで白い真綿の布団のような屋根の雪や、それよりはいくぶん、うす汚れている地面の雪とくらべても、家々の正面は黒ずみ、窓はいっそう黒く思えた。

地上の雪は荷車や荷馬車の重いわだちで深いみぞができており、大通りの辻などでは何度もわだちの上をほかのわだちが横切っていくので、乱れ、入りくんだ水路が黄色い泥と氷のような水をたたえていた。

空は重くたれこめ、行きどまりの裏道には半ば溶け、半ば凍っているよどんだ霧がたちこめていた。

煤で汚れた重い霧の粒子は、すすけた雨のしずくとなって降ってきたが、まるで英国じゅうの煙突が申し合わせて火事を起こし、心ゆくまで煙を吐きだしているかのようだった。

今ごろの町のこの気候には、これといって気持ちを明るくするようなものはなにひとつないのだが、それでいながら、このうえなく晴れわたった夏の空気や輝く太陽ではかなわない、楽しい気分があたりにみなぎっていた。

というのは、屋根の上で雪を払いおとしている人々は陽気に浮かれきっており、手すりから身を乗り出したがいに呼びかわしたり、ときどき、冗談に雪球をぶつけ合ったり――このほうが冗談を口でたたかわすより、はるかにたちのよい飛び道具である――それがうまく当たったからといって大笑いをし、当たらなかったからと言って、大笑いをしていた。

鶏肉屋は店をまだ半分あけており、果物屋も、景気よく商いをしていた。

陽気な老紳士のチョッキのような、大きく丸い、たいこ腹の栗を盛ったかごがいくつも戸口にもたせかけてあり、あふれこぼれて卒中をおこしたように街頭へころがり出ている栗もあった。

日に焼けた赤ら顔のスペイン種の玉ねぎは、幅広の帯をしめたスペインの坊さんのように太った体をぴかぴかさせながら、通りすがりの娘たちに、棚の上から浮気っぽい、ずるそうな目くばせをおくるかと思えば、つるしてあるヤドリギをとぼけ顔で見やったりしていた。

梨や林檎は、つややかなピラミッド形に高く積みあげられているし、葡萄のふさが人目につく鉤からぶら下げられているのは、道行く人々の口を無料でよだれでいっぱいにさせてあげようという店の主人の心ある計らいだった。

また、緑がかった褐色のハシバミの実の山もあり、そのかぐわしい香りは、森の中の古い道や、枯れ葉がくるぶしまでうずまる、楽しいそぞろ歩きなどを思い出させた。
それから、ずんぐり肥えて黒ずんだ色をしたノーフォーク産の林檎は、オレンジやレモンの黄色を引きたたせ、みずみずしいしまった体で、どうか紙袋に入れて家へお持ちかえりの上、食後にめしあがってくださいと自ら熱心に頼んでいた。

このような選りぬきの果物の間に、金魚の入った鉢がおいてあったが、血のめぐりのわるい、鈍感な生き物でさえいつもとはちがうということを知っているらしく、自分たちの小さな世界のなかをゆっくり、情熱のない興奮ぶりで、口をぱくぱくさせながら泳ぎまわっていた。

食料品店！　おお、食料品店！　よろい戸が一、二枚あけてあるだけで、ほとんど閉まっていたが、そのすきまから垣間見える光景といったら！

カウンターの天秤は陽気な音をたててゆれ、包みをくるための撚り糸は糸巻きからぐるぐる引き出され、缶は手品のようにカランカラン踊りながら棚と勘定場の間を行き来している。紅茶とコーヒーの入りまじった良い香りが鼻をよろこばせる。

極上品の干しぶどうが山のように積まれ、アーモンドはまっ白で、シナモンスティックはじつに長くてまっすぐだ。その他の香料もなんとも言えずかぐわしい。

砂糖漬けの果物のたっぷりの砂糖衣がとけてまだら模様にかたまっているのを見たら、どんなに冷静な人でも興奮し、あげくに口に入れたくてたまらなくなるくらいだ。

イチジクは汁が多くてやわらかく、フランス・プラムは華やかに飾ってある箱におさまって、つつましやかな酸味をたたえながら顔を赤らめていた。

なにもかも食欲をそそるものばかりで、それぞれクリスマスの装いをこらしていた。

だが、それだけではない、お客のほうでもみんなこの日の楽しい期待に気がせいて夢中になっているので、戸口のところではちあわせて、柳の枝で編んだ買い物かごを乱暴にぶつけあったり、買った物を勘定場に置きわすれたり、またそれを取りに駆けもどったり、このような失敗は数えきれないほどなのに、みんなこのうえなしの上機嫌だった。

食料品店の主人や店員たちもいかにも気さくで威勢がよく、エプロンの背中に、きらきら輝くハート形の留め具をつけていた。それこそは自分たちの本物のハートそのものであり、われらの心の輝きを見よと言わんばかりだった。そして、クリスマスの烏どもがつつきたいならつつかせてやってもいいぞ、とシェイクスピアのイアーゴさながらの心意気をも示していた。

しかし、まもなく教会の尖塔の鐘が教会や礼拝堂に集う時刻を告げて鳴りひびくと、善良なる人々はもっともいい晴れ着で着飾り、晴れやかな顔で往来へ出かけた。

それと同時に、無数の横町や路地や名もない町かどから、生のままの食料品をかかえて出てくる人々が大勢あらわれた。パン屋へ食材を持ちこんで、そのかまどで、クリスマスの料理を焼いてもらおうというのだ。

この貧しい人々を見て幽霊はたいへん興味をおぼえたらしく、スクルージをそばにつれたまま、とあるパン屋の入り口にたたずみ、人々が通りすぎるとき、その手にしている食べ物のおおいをとり、松明から香料をご馳走の上にふりまいてやった。

それは不思議な松明であった。何度か、食べ物を運んできた人同士が押し合いになり、言い争いがはじまったが、幽霊が、松明からほんの二、三滴のしずくをそそいでやっただけで、たちまち元の上機嫌にかえり、クリスマスにけんかをするなんて恥ずかしいことだねと言葉をかわすようになるのだ。

その通りだ！　まったく、その通りである！

やがて鐘は鳴りやみ、パン屋は店の扉を閉めた。

だが、どこのパン屋でもクリスマスのごちそうを焼きつづけた。かまどの屋根の上の雪がとけて流れだし、ごちそうの調理の進行ぐあいを、なんとなくうかがい知ることができた。そこだけは舗道まで湯気が立ちのぼり、まるで舗道の石までなにかを料理しているかのようだった。

「その松明からふりかけるものには、なにか特別な香味が入っているのでしょうか？」

と、スクルージはきいてみた。

「そうだよ。わし特製の香味だ。」

「それは今日のどんなご馳走にも合うのですか？」

「親切に出されたご馳走なら、なんにでも合うのだ。ことに、貧弱な食卓には効くのだよ。」

「どうして貧弱な食卓には、ことに効くのでございますか？」

「そういう食卓には、ことさらに必要だからなのだよ。」

スクルージはちょっと考えてから、

「幽霊さま、あらゆる存在のなかでも、選りぬきのあなたのようなお方がどうして、この人たちの無邪気な楽しみの機会をうばおうとなさるのか、わたしにはわかりかねますが。」

「わしがかね？」と、幽霊は叫んだ。

「あなたは日曜日ごとに、この人々からおいしいものを食べる機会をうばおうとなさる。ご馳走らしいものを食べられるのは、この七日目ごとの日曜日、たった一日ぐらいだというのにね。そうではありませんか？」

「わしがかね？」

幽霊は大声をあげた。

「あなたは日曜日が安息日だからといって、パン屋やほかの店を閉めさせようとしていらっしゃる。それが楽しみをうばうことになるわけですよ。」

「このわしがかね？」

幽霊は驚いて叫んだ。

「もしちがっていたら、おゆるしください。それは、あなたのお名前か、またはあなたのご家族の名のもとに命じられております。」

「おまえたちのこの世のなかには、わしらを知っていると称して、わしらの名をかたって自分の情欲、傲慢、悪意、憎しみ、ねたみ、頑迷、利己主義の行為をやっている者たちがあるのだ。その者たちは、わしやわれわれの一族には見も知らぬ連中なのだよ。

このことはよくおぼえていて、その者たちのしたことについては、その者たちを責めるようにしてもらいたい。われわれではなくね。」

スクルージはそうすることを約束した。

それから二人は、今までどおりほかの人には見えない姿のまま、町はずれへ出かけていった。

この幽霊の著しい特徴は（そのことはパン屋の店先でスクルージは気がついたのだが）巨大な体にもかかわらず、どんな場所にでも容易に入りこめることだった。また、せまい部屋のなかでも、見上げるような大広間にいるときと同様、優雅に、超自然の存在として立っているのだった。

この不思議な力を見せびらかしたいためか、あるいは親切な寛大な温かい気持ちからか、またはすべて貧しい者への同情からか、幽霊はスクルージの書記の家にスクルージを長衣につかまらせたまま、連れていった。

そして入り口の敷居のところでにっこり笑い、立ち止まると松明をふって、ボブことロバート・クラチットの住居を祝福した。

まあ、考えてもごらんなさい！　ボブは一週間にたった十五ボブの収入しかない。土曜日ごとに自分と同じ名前の銀貨を十五枚かせぐだけなのだ。それでも現在のクリスマスの幽霊は、たった四部屋しかないそのボブの家を祝福したのだ。

そのとき、ボブの奥さんが、もう二度ぐらい縫いなおしたと思われる粗末な服を着てあらわれたが、飾りのリボンだけは新しく、六ペンスという安い値段のわりには見ばえがした。二番目の娘のベリンダ・クラチットも、新しいリボンをつけて、二人で食事の用意をしていた。

いっぽう、長男のピーター・クラチットは、鍋のじゃがいもにフォークをつきさしてみていた。ひどく大きなシャツのえりの両端を口にくわえていたが（このシャツはクリスマスの贈り物として、ボブが自分のお古を後つぎ息子にあたえたのである）、ピーターはこんな立派な身なりをしたのがうれしくて、おしゃれな人たちが集まる公園にこの姿を見せびらかしにいきたくてたまらなかった。

そこへクラチット家の小さい二人組、つまり小さな弟と妹が外から駆けこんできて、パン屋のところで鵞鳥の焼ける匂いがしたと思ったら、うちのだよ、とまくしたてた。
そして、セージだの玉ねぎだのとぜいたくな料理を思い描きながら、この二人はテーブルのまわりを踊りまわった。

ピーターも有頂天になり（シャツのカラーがのどをしめつけて息がとまりそうだったが、ものともせず）、火を吹きたてたので、煮えのおそかったじゃがいももゴトゴト煮え立ち、早くここから出して皮をむいてくださいと言わんばかりに鍋のふたにぶつかりあった。

「いったい父さんはどうなすったんだろうね？　ティム坊もさ。それに、マーサも去年よりは三十分もおそいようだよ。」

と、クラチット夫人が言っているところへ、

「母さん、マーサがきましたよ。」

と、長女のマーサがみずから言いながら入ってきた。

「母さん、マーサがきましたよ。ばんざーい、マーサ！　すてきな鵞鳥があるんだよ。」

と、小さな二人組が叫んだ。

「おやまあ、なんてまあ、おそかったじゃないか！」

クラチット夫人は何回も娘にキスし、ショールをはずし、帽子をぬがせて、しきりに世話をやきたがった。

「昨夜どうしても仕上げなくちゃならない仕事が山ほどあったの。それに今朝は、お掃除をしなけりゃならなかったのよ、母さん。」

「いいよ、いいよ、来たからにはもうそんなことはどうでもいい。火のところにすわって、暖まるんだよ。」

「だめ、だめ。父さんが帰ってきたよ。かくれるんだよ、マーサ、かくれるんだよ。」

部屋じゅうをちょこまか動きまわっていた小さな二人組が叫んだ。

そこでマーサがかくれると、父親のボブが入ってきた。

ふさをべつにしても少なくとも三フィートはあろうかと思われるえりまきをだらっとぶらさげ、着ている服はすりきれてはいるが、うまく継ぎをあてて、ブラシがかかっており、クリスマスらしく装っていた。

ボブは小さなティム坊を肩車にのせていた。かわいそうなティム坊は、小さな松葉杖をわきにかかえ、足には鉄のギプスをはめている。

「マーサはどうした。」と、ボブ・クラチットは見まわした。

「こられないのよ。」と、クラチット夫人。

「こられないだって？」

たいしたいきおいだったのに、ボブは急にがっかりした声になった。教会からの道すがらティム坊の愛馬になってピョンピョンはねながら帰ってきたのだった。

「クリスマスだというのに帰ってこないのかい！」

マーサはたとえ冗談にしろ、父が失望するのを見ていられなかったので、早すぎたけれども押し入れの戸のかげから駆けだしてきて、彼の腕にとびこんだ。

いっぽう、小さな二人組はティム坊を洗い場へ引っぱっていき、洗濯用の蒸し釜のなかでプディングがぐつぐつ音をたてているのを聞かせてやろうとした。

クラチット夫人は、「あなたはすぐにだまされるのね。」と言ってボブをからかうと、心ゆくまで娘を抱きしめているボブに向かって、

「ティム坊はどうでした？」

とたずねた。

「まるで純金のように申しぶんなかったよ。いや、それ以上だ。とにかくあの子は一人ぼっちですわっていることが多いもんで、考え深くなっているんだろうね。それはもう聞いたこともないような不思議なことを考えているんだよ。

帰り道にね――父さん、教会でみんながぼくを見てくれたかしら。そうだったらうれしいけれど。だって聖書には、イエス様が、足の悪い貧しい人を歩けるようになさったり、目の見えない人を見えるようになさったことが書いてあるから、ぼくの不自由な足を見れば、ちょうどクリスマスの日に、みんながイエス様を思い出してうれしくなると思うんだ。――とこう言うんだ。」

この話をしたときボブの声はふるえたが、ティム坊はだんだんじょうぶに強くなってきた、とつけくわえたときには、いっそう涙声になった。

小さな松葉杖がせわしく床をつきながらこちらへもどってきたので、ボブは次の言葉をさしひかえた。

ティム坊は、小さな兄さんと姉さんにつきそわれて、炉のそばの自分の台に腰かけた。

ボブはパンチを作ろうとそで口をまくりあげて――かわいそうに、そのそでが、それ以上にみすぼらしくなるとでも思っているのだろうか――ジン酒とレモンをつぼに入れて、よくかきまわしてから、静かに煮立たせるために炉のわきの台にのせた。

ピーターと、なんにでも首をつっこむ小さな二人組は鵞鳥を取りに出ていき、まもなく意気揚々と行列を組んで帰ってきた。

さあ、それからのバタバタいそがしそうな騒ぎを見れば、鵞鳥こそは、鳥のなかでもめったにないめずらしい種類なのだと思うことだろう。羽根の生えている珍品、これにくらべれば黒い白鳥でさえちっともめずらしくなどない――実際、この家では一大事件だった。

クラチット夫人がグレイヴィソースを（まえもって小さな手つき鍋でつくっておいた）熱くしている間にピーターがじゃがいもをつぶす。ベリンダ嬢は、りんごソースに砂糖を入れる役。マーサは温まったお皿をふく。ボブは、ティム坊を食卓の自分のとなりの小さな角にすわらせた。

小さな二人組は、みんなの椅子をならべた。もちろん自分たちのぶんも忘れずにならべ、席について見張りの役をはじめた。口にはスプーンを押しこんでいる。自分の皿に盛ってもらうのが待ちきれず、早く鵞鳥がほしい！　と大声でさいそくなどしないためなのだ。

ついに皿がならび、食前の祈りがとなえられた。

クラチット夫人がゆるゆると肉切り庖丁をひとわたりながめてから、いざ、鵞鳥の胸に突きさそうとするのを、一同は息を殺して見守った。

だが、いよいよ突きさして、待ちに待った詰め物がどっとあふれ出たとき、食卓をかこんだ一同からいっせいに感嘆の声がおこった。ティム坊でさえ小さな二人組につられて、ナイフの柄でテーブルを叩き、弱々しい声で「ばんざーい。」と叫んだ。

こんなすごい鵞鳥ははじめてだ。こんなすばらしい鵞鳥の料理があったとは信じられないとボブは言った。

やわらかなことといい、風味といい、大きさといい、値段の安いことといい、一同の感嘆はつきなかった。

りんごソースとつぶしたじゃがいもをつけ合わせれば、家族全体にじゅうぶんなごちそうだった。クラチット夫人が（皿の上にのこっている小さな小さな一片の骨を見て）うれしそうに言ったとおり、全部は食べきれなかったのだ！

それでも一同は満腹したし、とくに小さな子どもたちは、眉毛までセージや玉ねぎでべとべとになってしまったほどだった。

ベリンダが新しい皿をくばったので、クラチット夫人はプディングをとりに一人で部屋を出ていった。――あまりに不安でたまらないので、だれにもそばにいてもらいたくなかった。

もしも火がじゅうぶんに通っていなかったら！　もしも取りだすときにこわれたら！　鵞鳥で夢中になっているあいだに、だれかが裏の塀をのりこえてきて盗んでいたら！　――など、もしも小さな二人組が知ったら、まっさおになってしまうような、あらゆるおそろしい想像をめぐらした。

大丈夫！　パッと立ちのぼる湯気！

プディングは蒸し釜からとり出された。洗濯日のような匂いがする！　プディングをおおうふきんから立ちのぼる匂いだ。料理屋とお菓子屋がならんでいるとなりに、洗濯屋がひかえているような匂い！

そう、それこそがプディングだった。

一分とたたないうちにクラチット夫人はプディングをささげ、――上気した顔をほこらしげににこにこさせながら入ってきた。かたくしっかりしていて、まだら模様の大砲の弾のようなプディング。ほんの少しふりかけて火をつけたブランデーの炎がゆらゆらと揺れて、そしててっぺんには、クリスマスのヒイラギがさしてあった。

おお、すばらしいプディングだ！　結婚以来のきみの最大の偉業だと思う、とボブ・クラチットは静かに言った。

クラチット夫人はこれで重荷がおりた気がする、今だから白状するが、じつは、粉の分量がどうかなと不安に思っていたのだ、と打ちあけた。

みんな口々に、プディングについての感想をのべた。だが、だれ一人として、このプディングはこんな大家族に小さすぎるなどと言いもしないし、考えもしなかった。そんなことを言えばまったくの異端者である。そんな不満をほのめかしでもすれば、クラチット家の人間なら恥じて顔を赤くしたにちがいない。

ついに食事がすっかりすみ、皿は下げられ、炉も掃き清められて新たに火がたきつけられた。

一同はつぼのパンチを味見したところこれもまた完璧で、舌鼓をうった。りんごとオレンジがテーブルにおかれ、シャベルにいっぱいの栗が、火にのせられた。

そこでクラチット一家はそろって炉のまわりに集まり、ボブのかけ声で輪になってすわった。ほんとうのところは半円なのだが。

ボブのかたわらには家じゅうのガラスの器がならべてあった。つまりタンブラーがふたつに、取っ手のないカスタード用のコップがひとつ。

しかし、ボブが顔を輝かしながら熱いパンチを注ぐと、この三つのカップは、黄金の盃に負けずおとらず堂々と、役に立ったのだ。

いっぽう、火の上では栗がシュウシュウ、パチパチ音をたてて、はぜた。

やがてボブが乾杯のことばをのべた――。

「みんな、クリスマスおめでとう！　神さまの祝福がありますように。」

家族全員がそれをくり返した。

「神さまの祝福がありますように。」と、ティム坊がいちばんあとから言った。

ティム坊は、父親にしっかりと寄りそって、小さな台にすわっていた。

ボブは、小さなティム坊をだれにも奪われまいとするかのように、弱々しい小さな手を自分の大きなてのひらのなかににぎりしめ、しっかりと小さな肩をかかえていた。

かつておぼえたこともないような興味をもってながめていたスクルージは、

「幽霊さま、ティム坊は長生きするでしょうか？　どうでしょう？」

と、たずねた。

「わしには炉辺に空っぽの席と、使い手のいない松葉杖が大事に保存されてあるのが見える。もしこの幻影が将来も変わらないなら、あの子は死ぬだろう。」

「いえ、いえ、ああ、ご親切な幽霊さま！　どうかあの子を助けてやってください。」

と、スクルージはたのんだ。

「もしこの幻影が将来になっても変わらないなら、わしの一族のだれが来てもあの子の姿をここに見出すことはないだろうよ。それがどうしたというのだ？　もしあの子が死にそうなら、そのほうがけっこうではないか。よけいな人口がへるわけだからね。」

　スクルージは、かつて自分の言った言葉をこのように幽霊が引き合いに出すのを聞いてうなだれ、後悔と悲しみでいっぱいになった。

「人間よ、もしおまえの心が石でないなら、よけいとはなんであるか、どこによけいなるものがあるのかをはっきりわきまえるまでは、この悪しき言葉をさしひかえるがよい。

　どんな人間を生かし、どんな人間を死なせるか、おまえに決められるというのか。神の目には、この貧しい男の子ども何百万人よりも、おまえのような人間こそ、生きている値打ちもなければ、生かしておくのにふさわしくもないのだぞ。

　草の葉の上の虫けらのくせに、ちりのなかで空腹にうごめく同胞たちの数が多すぎるなどと、よくも言えたものだ！　まったく、とんでもないことだ！」

幽霊の非難にあってスクルージはうなだれるばかり、ふるえながら地面に目を落とした。しかし、自分の名前が聞こえ、はっと顔をあげた。

「スクルージさん！　今日のご馳走をくださったスクルージさんのご健康を祝します。」

と、ボブが言った。

「ご馳走をくださったですって？」

と、クラチット夫人はまっ赤になって声をあげた。

「まったく、あの人がここにいればいいと思いますわ。そうしたら思うぞんぶん、ご馳走のかわりに、わたしの不服をならべたててやりますからね。そんなご馳走でもあの人なら喜んで食べるでしょうよ。」

「これ、おまえ、子どもたちの前だよ、せっかくのクリスマスじゃないか。」

「スクルージさんのようなあんないやな、けちな、冷酷な、薄情な人の健康を祝ってやるんですから、たしかにクリスマスには、ちがいありませんわね。あなたはあの人がどんな人間か知ってるんですもの、ロバート。あなたこそ、だれよりもよくあの人を知っているわけですものね、かわいそうに！」

「おまえ、今日はクリスマスだよ。」

ボブはやさしくたしなめた。

「あなたとクリスマスに免じて、あの人の健康を祝しましょう。あの人のためではありませんよ。どうか長生きをなさるように！　クリスマスおめでとう！　新年おめでとう！　あの人もこれでさぞ、楽しく幸福になるでしょうよ。」

子どもたちも、母親のあとから乾杯した。この一家が真心のこもらないことをしたのはこれがはじめてであった。いちばんあとから飲みほした小さなティム坊も、いっこうに気がはいらないようだった。

この一家にとってスクルージは鬼だった。彼の名を口にしただけで、一同の上に暗い影がさし、たっぷり五分間というもの、その影は消えなかった。

影が消え去ったあとは、まえの十倍も楽しそうになった。スクルージという毒々しいものを片づけてしまったので、ほっとひと安心したからである。

ボブ・クラチットは、ピーターにひとつ働き口の心あたりがあるが、もしそれがうまく決まれば、毎週五シリング半の収入になるのだが、と話した。

小さな二人組は、ピーターが実業家になるのだと言って笑いころげた。

ピーター自身も炉辺で、ぴんと立ったカラーの間で思いにふけっているようすだった。そのような莫大な収入を手にすることになったら、どのような事業に投資したものかと考えているらしかった。

こんどは、帽子店にわずかの給料で雇われているマーサが、自分のやっている仕事はどんなものなのか、また、ぶっ続けに何時間働いているかということ、そして明日の朝はゆっくり寝坊するつもりだなどと話した。明日というのはマーサが家ですごせるたった一度の休日なのだ。

また、何日かまえに伯爵夫人とその子息を見たけれど、そのご子息がちょうどピーターぐらいの背かっこうだったとマーサが言うのを聞いて、ピーターはぐいっとカラーを引っぱり上げたので、頭まですっぽり見えなくなってしまった。

こうしている間も、栗と飲み物のつぼは、たえず手から手へとまわっていた。

やがてティム坊が、雪の中をさまよっていく子どもの歌をうたった。細い悲しげな声でたいそう上手に歌った。

彼らは特にとりたてて言うこともない家族だった。とくべつ器量のよい一家ではなし、身なりも粗末、靴には水がしみ込むし、着る物にもとぼしく、しかもピーターは質屋へのつかいをしたこともあるらしかった。

しかし、彼らは幸福で感謝しており、たがいに愛し合い、今日の暮らしに満足していた。

やがて一同の影がうすれていった。

別れぎわに、幽霊が松明からきらめくしずくをふりかけたため、いっそうみんなが幸福そうに見えた。スクルージは彼らから、ことに小さなティムから、最後まで目をはなさなかった。

そろそろ暗くなり、雪が降りしきってきた。

スクルージと幽霊は往来を進んでいった。台所や居間や、あらゆる部屋から見える赤々と燃えさかる火の美しさはひとしおだった。

こちらの家ではゆらめく炎がくつろいだ夕食の支度のようすを照らしていた。炉辺では皿類が温められては返され、返されては温められていて、深紅のカーテンは寒さと暗黒を閉めだすために、まさに引かれるのを待っていた。

また、ある家では子どもたちがわれ先にと雪のなかに駆け出し、結婚した姉や兄、いとこや伯父、伯母などを、出迎えようとしていた。

こちらでは、集まった客の影が窓の日よけにうつっているかと思うと、あちらでは美しい娘たちの群れがみなフードをかぶり、毛皮のブーツをはいておしゃべりをしながら、軽やかな足どりで近所の家へ出かけるところだった。この娘たちが頬を上気させて入ってくるところに居合わせた独身男こそ災難である——彼女たちは手練手管を心得た魔女たちなのだ。自分でも見られているのをちゃんと承知しているのである。

けれども、こんなに大勢の者が知り合いの集いに出かけていくのであれば、目ざす家にはだれも出迎える者がないのではないかと心配になるくらいだ。

だが、そうではない、どの家も客を待ちうけており、炉には煙突の半ばに達するくらいどんどん石炭を燃やしていた。

どの家にも祝福をあたえるうれしさで、幽霊はおどりあがらんばかりだった。広い胸をむき出しにし、大きなてのひらをひろげ、手のとどくかぎりすべてのものにその朗らかな、無邪気な、楽しい気分を気前よくふりまきながら、ふわりふわりと漂っていた。

うす暗い町のガス灯に、小走りの点灯夫が点々と灯りをつけていく。今夜はどこかへ招ばれていると見えてめかしこんでいる点灯夫も、幽霊とすれちがったとき、大きな声で笑い出した。けれども、まさかクリスマスの喜び以外に、だれかがそばにいようなどとは、夢にも思わなかっただろう!

幽霊からはなんの前ぶれもないうちに、今度は二人は荒涼としたものさびしい沼地に立っていた。巨大な荒々しい岩が、巨人の墓場を思わせるようにそちこちにころがっていた。

水は自由に流れひろがっていた。いや、今は寒さで凍りつき、どこへも行けないでいた。

生えているものと言えば、苔やハリエニシダに、ボサボサした雑草だけだった。

西の空低く、夕日が火のように赤い一条の光をのこしていたが、怒った人の目のように一瞬ぎらっとあたりの荒れた光景を照らしだしたと思うと、顔をしかめながら低く低く低くしずんで行き、とうとうまっ黒な夜の闇のなかへと消えてしまった。

「ここはどこですかね?」と、スクルージはたずねた。

「坑夫の住んでいるところだよ。坑夫たちは地の底で働いているのだ。だがこの連中もわたしを知っているのだよ。ごらん!」

一軒の小屋の窓から灯りが輝いていた。二人は急ぎ足で近づいていった。泥と石でかためた壁を通りぬけて入っていくと、愉快そうな人々が、燃えさかる火をかこんですわっていた。それはひどく年をとった夫婦にその子どもたち、孫たち、曾孫たちで、みんな祭りの日の晴れ着で心楽しくよそおっていた。

老人は荒野を吹きすさむ風に打ち消されがちな声で、みんなにクリスマスの歌をうたってきかせていた。それは老人が子どもの頃に歌った、たいへん古い歌だった。ときどき、ほかの者もみな一緒になって合唱した。一同が声を合わせると、老人は急に元気よく大きな声になり、ほかの者が歌いやめるとまた、元気のない声になってしまうのだった。

幽霊はここに長居はせず、スクルージにしっかり自分の衣につかまっているようにと命じ、沼地の上を飛びこえていった。

どこへ行くのだろう? まさか海では?

海へ行くのだ。

ふり返ってみると、陸地の果ての恐ろしげな岩のつらなりがうしろにそびえ立っており、スクルージはぞっとした。万雷のような波の音で、耳がきこえなくなりそうだった。

波は、自らうがったものすごい洞穴の間をうねり、吠え、たけり狂い、おそろしいいきおいで大地を掘りさげようとしていた。岸から数キロはなれたところに不気味な暗礁があり、荒天つづきの一年中、波は激しく打ちつけている。

その暗礁にぽっつり灯台がたっていた。灯台の足もとには海草が大きな束になってからみつき、海鳥は——海草が水から生まれるように、風から生まれたかのような鳥たち——波頭をかすめるように、灯台のまわりから飛びたったり、舞いおりたりしていた。

しかしこんなところでさえ、灯台を守る男が二人、火をたいていた。火は厚い石の壁についている風窓から明るい光をひとすじ、荒れくるう海上に投げていた。二人は荒けずりのテーブルに向かい合ってすわり、ごつごつした手を握り合って、水割りのラム酒の祝盃をあげながら、クリスマスおめでとうをかわし合った。そして、二人のうち、年上のほうの、まるで古い船の船首像のように、波風で傷だらけになった顔をした男が、疾風のような、たくましい歌をうたいだした。

ふたたび幽霊は飛びたち、うねりの高い黒い海の上を——どこまでもどこまでも——進んでいき、どこの岸からも遠く離れたところまで来たとスクルージに言って、ある船の上に舞いおりた。

二人は、舵輪を前にしている舵手や船首に立っている見張り人、当直の船員たちのかたわらに立った。

この人々がそれぞれの持ち場についている姿は黒い影法師のように見えた。みなクリスマスの曲を鼻歌でうたったり、クリスマスのことを考えたり、過ぎ去った昔のクリスマスのことを低い声で仲間に話したりしていた。だれもかれもが、もちろん、故郷を恋しく思う気持ちをかみしめていた。

船にいる人は目がさめていようが眠っていようが、善い人であろうが悪い人であろうが、この日ばかりは、たがいに思いやりのある言葉をかけ合った。みんないくらかずつ今日のお祝いの気分を味わい、遠く離れたところで自分のことを思ってくれている人々のことを思い、その人々も自分のことを思い出して喜んでいてくれるにちがいない、と思うのだった。

さびしい闇夜、死の深淵と同様に、はかり知れぬほど深い奈落をひそませた海の上を飛んでいくのは、なんとおごそかなことだろう。なげくような風の音に耳をかたむけながら、そんな物思いにふけっていると、ほがらかな笑い声がいきなり聞こえてきたので、スクルージはひどく驚いた。

もっと驚いたことには、それは彼自身の甥の声であり、いつしか自分はこざっぱりした、かわいた明るい部屋にいるのだった。

そばには幽霊がにこにこしながら立っており、甥のほうをいかにも気に入ったというように上機嫌でながめていた。

「は、は！　は、は、は、は！」と、スクルージの甥は笑った。

万が一、みなさんが、このスクルージの甥以上に心からの笑いにめぐまれた人をご存じなら、わたしもその人と知り合いになりたいと思う。ぜひ紹介していただきたい。お近づきになりますから。

物事は公平に公明正大に調整されている。病気や悲しみも伝染するが、いっぽう、笑いと上機嫌もまた、世の中でこの上なく伝染力をふるうものである。

スクルージの甥がこのように腹をかかえて頭をゆすりながら、とほうもなく顔をくしゃくしゃにゆがめて笑うと、スクルージの義理の姪、つまり甥の妻もこれまた負けずに笑い出した。集まっている友人たちもおくれをとらない連中なので、どっと笑い出した。

「は、は！　は、は、は、は！」

「あの人はね、クリスマスなんてくだらないって言うんですよ。自分でもそう思いこんでいるんですね。」と、甥が叫んだ。

「なら、なおさらよくないことよ、フレッド。」と、スクルージの姪が憤然として言った。

かような婦人たちを見くびるなかれ！　けっして物事を中途半端にしておかない。いつも真剣なのである。

彼女はたいそう愛らしかった。じつに愛らしかった。えくぼのある、びっくりしたようなすてきな顔をして、豊かな小さな唇はキスされるためにつくられたかのようだった――たしかにそのとおりである。あごのあたりにはあらゆる種類のかわいい小さなえくぼがあり、笑うとつぎつぎに消えていくのだった。それにどんな少女も持っていないようなさえざえとした目を持っていた。とにかく、小憎らしいほどの美女なのだ。

だが、申しぶんなかった。まったく申しぶんがなかった。

「あの人はおかしな老人ですよ、まったくのところ。ほんとうはもっと愉快な人のはずなんだけれどね。でも、ああいう性格だから、自然とその罰も受けているだろうし、ぼくがなにもとやかく言うことではないよ。」

「あの人はとてもお金持ちなのね、フレッド。だって、あなたはいつもあたしにそうおっしゃっているじゃないの。」と、スクルージの姪が言いだした。

「それがどうしたというんだい、おまえ？　あの人の財産はあの人にとって、なんの役にも立っちゃいないんだ。なにもいいことをするわけでなし、それで自分を楽しませるでもない。この先、自分の財産で――は、は、は！　――ぼくたちをしあわせにしてやろうなどと考えて満足する心さえ持っていないんだからね。」

「あんな人にはあたし、とてもがまんがならないわ。」

と姪が言うと、姪の妹たちをはじめ、ほかの婦人たちもみな、同感だと言った。

「いや、ぼくはそんなことはないな。ぼくはあの人が気の毒なんだよ。怒る気にはなれないね。あの人の感じの悪いむら気で、だれが迷惑するというんだい？　あの人自身じゃないか、いつでも。

　いいかい、あの人はぼくたちを毛嫌いして、ここへ来てぼくらと食事をしようとしない。その結果はどうだい？　まあたいしたごちそうを食べそこなったわけでもないけれどね。」

「まあ、ひどいわ。あの人は、とてもすばらしいごちそうを食べそこなったと思うわ。」

と、スクルージの姪がさえぎった。ほかの者もみなそうだそうだと賛成した。

　一同はちょうどクリスマスの晩餐をおえたばかりで、デザートを食卓にのせたまま、ランプをかたわらに炉辺に集まっていたから、じゅうぶん、ごちそうの出来を審判する資格をそなえているわけだった。

「そうか！　それならぼくはうれしいね。なぜって、ぼくはいまどきの若い奥さまがたにはたいして信用をおいてないんでね。トッパーくん、きみはどう思うかね？」

　トッパーはどうやらスクルージの姪の妹の一人に目をつけていたようで、自分はわびしい独身者だから、そういう問題については意見をのべる権利がない、と答えた。

これを聞くとスクルージの姪の妹の一人が――ばらの花の飾りをつけたほうではなく、レースのえりをかけたぽっちゃりとしたほうが――ぱっと顔を赤らめた。

「その続きをおっしゃいよ、フレッド。」

と、姪は手をたたきながらうながした。

「この人はなにか言いはじめても、けっして終わりまで言ったためしがないのよ。おかしな人だわ。」

スクルージの甥は、またもや夢中になって笑ったので、それがまたほかの者たちにうつっていった。

ぽっちゃりとした妹は、気つけ用の芳香酢をかいで笑うのをがまんしようとしたが、どうしてもだめだった。けっきょく一人残らず甥の笑いのうずに巻きこまれてしまった。

「ぼくはね、こう言おうとしていただけなんだよ。あの人がぼくらを嫌って、ぼくらと一緒に楽しくすごそうとしない結果はね、なんの害にもならない愉快な時間を少しばかり損をしただけだということさ。

あのかびくさい古ぼけた事務所や、ごみだらけの部屋で一人ぼっちで考えこんでいたんじゃとても見つからないような、愉快な仲間を得る機会を失っているんですよ。

あの人が好むと好まざるとにかかわらず、ぼくは毎年あの人に同じチャンスをあげるつもりなんだ、気の毒でならないんだもの。あの人は死ぬまでクリスマスのことをののしるかもしれないけれど、いやでも考えが変わっていくさ――ぼくはあの人に挑戦するんだ――ぼくは来る年も来る年も上機嫌であの人の事務所へ行き、『スクルージ伯父さん、ごきげんいかがですか？』と言うのさ。

もし、そのおかげであの人があのあわれな書記に五十ポンドでものこしてやろうという気持ちになれば、それはそれで有意義なことだ。それにきのう、ぼくはあの人の気持ちをゆすぶってやったと思うんだ。」

彼がスクルージの気持ちをゆすぶったなどと言うのを聞いて、今度は一同のほうが笑い出した。

だが甥はまったく好人物であり、一同がなにを笑っているのかいっこう、気にもせず、ただなんであれ、笑いさえすればいいと、自分からいっそう笑いに拍車をかけ、たのしそうに酒をまわした。

お茶がすむと彼らは音楽をはじめた。彼らは音楽好きの一家で、合唱や輪唱曲をじつに上手に歌うのだった。ことにトッパーは、本職の歌手のように低音を腹の底から響かせた。しかも、ひたいに太いすじを立てもしないし、りきんで顔をまっ赤にすることもなかった。

スクルージの姪はハープがうまく、いろいろ奏でたなかに、簡単な小曲（とるにたらない、二分もすれば口笛で吹けるくらいのもの）があった。「過去のクリスマスの幽霊」のおかげで思い出したのだったが、その曲は、スクルージを寄宿学校からつれもどしにきたあの女の子が好んでよく歌っていた曲だった。

　この曲が響くと、あの幽霊が見せてくれたものすべてが、スクルージの胸によみがえってきた。

　スクルージの気持ちは、しだいにやわらいだ。この曲を何年もまえからたびたび聞いていたなら、ジェイコブ・マーレイを埋葬した墓掘り男の鍬に頼らなくても、自分の手で、温かな人情をつちかって、幸せな生き方ができたにちがいないと考えた。

　しかし一同はひと晩じゅう、音楽だけに興じていたわけでなく、しばらくすると罰金ゲームをはじめた。ときには童心に返るのは良いことであるし、それには、クリスマスが一番よい季節である。クリスマスの偉大な創始者キリストご自身が幼子でいらしたのだから。

　ちょっと待って！　最初にしたのは目かくし鬼だった。そうだ、目かくし鬼だった。そしてわたしはトッパーの靴に目がついていたなどとは信じないのだが、彼は目かくしをしても、まるで見えているも同然だった。

　わたしの考えでは、トッパーとスクルージの甥の間で話がすんでおり、クリスマスの幽霊もそのことを見ぬいたのだろう。

トッパーがレースのえりをつけたぽっちゃりとした妹のあとを追っていくさまときたら、周囲の人々を馬鹿にしているとしか言いようがなかった。火箸につまずいたり、椅子にぶつかったり、ピアノにゴツンと衝突したり、カーテンにからまってしまったりしながら、トッパーは彼女の行く所、いたる所についていった。トッパーにはいつでも彼女の居場所がわかっていて、彼はほかの者をだれもつかまえようとしなかった。

だれかわざと彼にぶつかって行くと（彼らの中には実際そうやってみた者がいた）、彼も、その者をつかまえようとするふりをしながらも、すぐまた、ぽっちゃりした妹のほうへこっそりと行ってしまうのであった。

妹は何べんも、それじゃ公平でないと叫んだが、彼女が怒るのも当然だった。そしてついに、彼は彼女をつかまえた。彼女は絹のドレスのすそをさらさらといわせて身をひるがえし、彼の手からすばやくすりぬけようとしたのだが、逃げ道のないすみに追いつめられてしまったのだ。

それからのトッパーのふるまいは、じつにけしからんものだった。彼女であるかどうかわからないふりをし、彼女の頭飾りにさわる必要があると言い、さらにほんとうに彼女にちがいないことをたしかめるために、指にはまっている指輪や彼女の首にまいてある鎖を無遠慮にさわるなど、まったく、言語道断のふるまいをした。

次にべつの人が目かくし鬼になったとき、二人はカーテンのかげでひそひそ話をしていたが、そこで彼女はあんなことをしてはいやだとトッパーに恨みごとを言っていたにちがいない。

スクルージの姪は目かくし鬼の仲間には入らず、居心地のよい片すみの大きな椅子にすわり、スツールに足をのせて、くつろいでいた。そのすぐうしろにスクルージと幽霊が立っていた。

罰金ゲームがはじまると姪も加わり、アルファベットの文字を全部つかう文字合わせのゲームでは、恋文を見事に組み立てた。

また「いつ、どこで、どうして」という遊びも姪は非常にうまく、スクルージの甥がひそかに喜んだことには、妹たちをすっかり負かしてしまったのである。トッパーに言わせれば、その妹たちもなかなかどうして頭の切れる娘たちなのだ。

そこには老若あわせて二十人ぐらいが集まっていたが、年とった者も若い者にまけずゲームに夢中になった。

スクルージもゲームに参加した。目の前で起こっていることについ夢中になって、自分の姿が人には見えないことを忘れ、ときどき大きな声で当てようとしたし、しかも何度もうまく正解した。

スクルージは自分ではたいそうにぶい人間だと思いこんでいたが、ホワイトチャペル社製の、決して折れたりしない極上の鋭い縫い針でさえ、スクルージの頭の鋭さにははかなわなかった。

　スクルージがたのしんでいるのを見て、幽霊はたいそう喜んだらしく、いかにもやさしく彼をながめていた。

　スクルージはお客がみんな帰るまでいさせてくださいと、子どものように熱心にたのんだ。しかし、それはできないと幽霊は言った。

「今、新しいゲームがはじまります、もう三十分だけお願いでございます。幽霊さまぁ！」と、スクルージはたのんだ。

　それはイエス・ノー遊びというゲームで、スクルージの甥がなにかを頭の中で思い浮かべ、ほかの者がそれを当てるわけだが、彼らの問いに対し、甥はただイエスとかノーとしか答えてはいけないのである。

　質問ぜめにあった甥から、つぎのようなことが引き出された。

　つまり、彼が考えているのは動物、生きている動物である。どちらかといえば不愉快な、野蛮な動物で、ときには吠えたり、うなったりする。ときには話もする。ロンドンに住んでいて、街頭を歩きまわる。見世物にはされないし、だれにもひきまわされたりしない。動物園には住んでいないし、市場で売り買いされたこともない。馬でもロバでも牝牛でも牡牛でもないし、虎、犬、豚、猫、熊ではない。

新しい質問が向けられるたびに甥は大声で笑い出し、おかしくてたまらなくなって、椅子から立ちあがり、足を踏みならさずにはいられなかった。

ついにぽっちゃりした妹が、甥と同じく笑い出して叫んだ——。

「あたし、わかったわ！　なんだか知っててよ、フレッド！　なんだか知っててよ！」

「なんだね？」とフレッドは叫んだ。

「あなたの伯父さんの、ス…ク…ルー…ジ…さんよ！」

大当たりだった。

一同はなるほどと感心した。もっとも、なかには「それは熊ですか？」という質問を出したとき、イエスと答えるべきだった、スクルージじゃないかと思っていたのに「ノー。」と言われたので、ちがった方向へ考えがいってしまった、と苦情をとなえる者もあった。

「あの人はぼくたちに大変、おもしろいときをすごさせてくれましたから、あの人の健康を祝さないことには恩知らずになりますよ。ちょうどここにグリューワインがありますから、さあ、いいですか、『スクルージ伯父さん！』。」

「では、スクルージ伯父さん！」

と、一同も叫んだ。

「あの老人がどんな人であれ、クリスマスおめでとう、新年おめでとう。あの人はぼくからこれを受け取ろうとはすまいが、それでも、受け取りますように。スクルージ伯父さん！」

当のスクルージ伯父さんは一同の目には見えなくても、たいそう、陽気に快活になっていたので、もし幽霊が時間をあたえてくれたら、いまの返礼に彼らのために乾杯し、一同の耳には聞こえない演説を一席したことだろう。

しかし、彼の甥の言葉が終わるか終わらないうちにその場面は消えてしまい、彼と幽霊はまたもや旅をつづけていた。

二人は多くのものを見、遠くまで行き、たくさんの家をおとずれたが、そのどれもが幸福な結末で終わった。

幽霊が病人の寝床のかたわらに立つと、病人は元気になった。異国の地にいる人々は、故郷の近くに帰ってきた。苦しんでいる人々は、より大きな希望をいだいて辛抱づよくなった。貧しい者は、豊かになった。

救貧院や病院や監獄などありとあらゆるみじめな者たちの巣窟では、つかのまの権力をふりかざすつまらない人間どもが扉を閉ざしていたが、幽霊をしめ出すことはできなかった。

幽霊は行く先々で祝福をあたえ、スクルージに教訓をたれた。

ただの一夜にしてはたいへん長い晩だった。スクルージには、一夜のできごととは信じられなかった。二人の旅のなかに、クリスマスの祭日何年分かが詰めこまれているかのように思われた。

また不思議なことに、スクルージのほうは一見したところ少しも変わりがなかったが、幽霊のほうは明らかに年をとっていた。スクルージはこの変化に気がついてはいたが、口に出しては言わなかった。

しかし、子どもたちの十二日節の前夜祭から外へ出てきたときに、幽霊の髪が白くなっているのを見たので、スクルージはたずねた。

「幽霊さまの命はこんなに短いものでございますか？」

「この地球上におけるわしの命はごく短い。今夜かぎりで終わるのだ。」と、幽霊が答えた。

「今夜ですって？」と、スクルージは叫んだ。

「今夜の真夜中だ。聞け！　時が近づいてきた。」

そのとき、鐘が十一時四十五分を打った。

「このようなことをうかがって、失礼でございましたらどうかお許しください。」

と、スクルージは幽霊の衣をじっと見つめながら、言った。

「じつは、あなたの衣のすそから、なにかあなたのお体の一部ではないかと思われる妙なものがとび出しているようですが、それは足ですか、それとも爪でしょうか？」

「爪かもしれないね。上に肉がついているもの。」

と、幽霊は悲しそうに返事をしてから、

「ここをごらん。」

と、言った。

幽霊は衣のひだから二人の子どもをとり出した。

みじめな、浅ましい、恐ろしい、ぞっとするような、悲惨な子どもたちだった。二人とも幽霊の足元にひざまずき、衣の外側にしがみついた。

「おお、人間よ！　これを見るがよい。これをよくよく見るがよい！」

と、幽霊は叫んだ。

その子どもたちは、男の子と女の子だった。黄色くしなびて、ぼろをまとい、しかめ顔をして貪欲そうなくせに、へりくだって平伏している。

本当ならば優雅な若さがその顔にあふれ、生き生きとした血色で染まっているべきなのに、腐りかかったしわだらけの老人のような手が二人をつねり、ひねって、ずたずたに引き裂いたかのようだった。天使たちが玉座をしめているべきところに悪魔がひそみ、悪意のこもった目でにらみつけていた。

この世には様々な不可思議な創造物が存在するが、人間がどれほど変異しようと、堕落しようと、ひねくれようと、この二人の化け物の醜悪さ、無残さには到底およびはしない。

　スクルージはぞっとしてあとずさりした。

　こうして見せられた子どもらを、かわいいお子さんがただと言わねばと思ったが、そんなひどい嘘はつきたくなかった。言葉がのどにつまって出てこなかった。

「幽霊さま！　これはあなたの子どもさんですか？」

　スクルージにはこれだけしか言えなかった。

「これは人間の子だ。」

　と、幽霊は子どもたちを見おろしながら言った。

「二人とも自分たちの父親を訴えて、こうしてわしにしがみついているのだ。この男の子は『無知』で、この女の子は『欠乏』だ。この二人とその仲間たちに用心しなさい。ことにこの男の子に用心するのだ。男の子のひたいに『滅亡』と出ているはずだ。消えていなければな。書いてないとは言わせないぞ！」

　と、幽霊は片手を町のほうにさしのべながら叫んだ。

「真実を告げる者をそしるならそしれ！　おまえに都合よく勝手に真実に目をつぶるなら、さらにひどいことになるぞ。どうなっても知らぬぞ、痛い目に会うがいい！」

「この子どもたちには逃れる場所も、救ってやる手段もないのですか？」

　スクルージは叫んだ。

「監獄はないのかね？」

と、幽霊はこれを最後として、かつてスクルージ自身が使った言葉を持ち出しながら、彼のほうに顔を向けた。

「救貧院はないのかな？」

鐘が十二時を打った。

スクルージはまわりを見まわしたが、もはや幽霊の姿はなかった。

最後の鐘が打ちやんだとき、彼は老ジェイコブ・マーレイの予言を思い出した。目を上げてみると、ゆるやかな衣をはおり、フードをかぶったおごそかな幻影が霧のようにこちらへ近づいてくるのに気がついた。

第4章　最後の幽霊

幽霊はゆっくりとおごそかに、音もなく近づいてきた。スクルージは思わずひざまずいた。幽霊をとりまく空気のなかにまで陰鬱な、神秘的なものを感じたからだった。

幽霊はまっ黒な衣に包まれていた。

頭も顔も全身すっぽりかくれ、目に見えるのはさしのべている手だけだった。この手がなかったら、その姿を夜の暗闇と見わけることはむずかしかったにちがいない。

この幽霊が自分のかたわらに立ったとき、スクルージはそれが背が高く威厳に満ちていることを感じ、その神秘的な存在を前にして自分が厳粛な畏怖の念に満たされてきたのを感じた。

彼にわかったことはそれだけだった。幽霊は口もきかなければ身動きもしないからである。

「わたしはあの、『未来のクリスマスの幽霊さま』の御前におりますんで？」

と、スクルージはたずねた。

幽霊は返事をしないで、手で前のほうをさした。

「あなたはすでに起こってしまったことでなく、これから未来に起ころうとしているものの影を見せてくださるんでございましょうな、幽霊さま？」

と、スクルージはつづけてきいた。

一瞬、幽霊が頭をうなずかせたかのように、衣の上のほうが、ひだの中に縮まった。それだけが答えだった。

今ではすっかり幽霊の相手をつとめるのになれたスクルージではあったが、このおし黙ったものの姿にはひどく恐ろしさを感じ、足がぶるぶるふるえて、あとに従っていこうとしても、立っていられないくらいであった。

そんな有り様を見た幽霊は、スクルージを落ちつかせようとして立ち止まった。

しかしスクルージはこのためいっそう、ふるえがひどくなった。

自分のほうではいくら目を見張っても、幽霊の手と大きな黒衣のかたまりのほかはなにも見えないのに、黒い衣の奥から自分をじっと見すえている気味のわるい目があるのだ、と思うとつかみどころのない恐怖ですくみあがった。

「未来の幽霊さま！」

と、スクルージは叫んだ。

「これまでお目にかかった幽霊の中で、わたしはあなたがいちばん恐ろしゅうございます。けれどもあなたは、わたしのためによかれと思うことをしてくださるのですし、わたしも今までとは生まれかわった人間として暮らしたいのです。どこへなりとも喜んでお供いたします。わたしに、なにかおっしゃってくださいませんか？」

幽霊は返事をせず、手は二人の前方をさしていた。

「ご案内ください。ご案内ください。夜がどんどん明けてまいりますし、わたしにとっては貴重な時間です。ご案内ください、幽霊さま！」

と、スクルージはたのんだ。

幽霊は来たときと同じように動き出した。スクルージはその黒衣を追ったが、その影に運ばれていくように思えた。

二人が街へ入ったというより、街のほうが二人の周囲に浮かび上がって二人をとり囲んだようだった。

今、彼らがいるところは街の中心地で、取引所の中だった。

商人たちがいそがしそうに動きまわり、ポケットの中で金をチャラチャラいわせたり、集って話をしたり、懐中時計をながめたり、思案顔で大きな金の印鑑をいじったりする様子は、スクルージにとって見なれた光景だった。

幽霊は、実業家たちの小さな一群のそばで立ち止まった。その手が実業家たちをさしているのを見て、スクルージは彼らの話を聞こうと進み出た。

「いや、わたしもくわしく知っているわけではないんでね。ただ、あの男が死んだというだけしか知らないんですよ。」

　こう言ったのは頑丈なあごをした、大きなふとった男だった。

「いつ死んだのですか？」

　べつの男がたずねた。

「昨夜らしいですね。」

「ええ？　あの男がどうしたというのでしょうな。あの男ばかりは不死身だと思ってましたがね。」

　と、三番目の男は、おそろしく大きなかぎ煙草入れから煙草をどっさりとり出した。

「わからないもんですな。」

　と、最初の男があくびまじりに言った。

「で、財産はどういうことになったんでしょうな？」

　と、赤ら顔の紳士がきいたが、この紳士は鼻の先に、雄の七面鳥の肉垂のようにぶらぶらゆれるこぶをつけていた。

「聞いてませんがね。」

　と、大きなあごの男がまたもやあくびをしながら言った。

「たぶん、組合にでものこしていったんでしょうよ。わたしにはのこしてくれませんでしたがね。それだけはたしかですよ。」

この冗談に一同はどっと笑った。

「ごく費用のかからない葬式になりそうですな。」

これも今の男だった。

「わたしの知ってるところでは、参列するような人はだれもいませんからな。どうです、ひとつわれわれで有志を募って出てやるとしますか？」

「弁当が出るなら行ってもいいですがね。行くなら、食べさせてもらわないことにはね。」

こう、鼻にこぶのある紳士が言ったので、また一同は大笑いした。

「どうやら、みなさんの中で結局、わたしがいちばん、さっぱりした人間ということになりそうですな。」

と、最初に口をきいた男が言った。

「というのは、わたしは黒い手袋もはめないし、弁当も食べない。だが、わたしはまいりますよ。だれかほかに行く人は？　よくよく考えてみると、わたしなんかあの男とは親しくしたほうじゃなかったかとも思えるんでね。会えばいつでも足をとめて、言葉を交わしましたからな。じゃ、さよなら。」

話し手も聴き手もぶらぶらとその場をはなれて、ほかの群れにまざっていった。

スクルージは今の男たちを知っていたので、説明を求めるように幽霊のほうを見た。幽霊はすべるようにして表通りへと進んでいった。その指は立ち話をしている二人の男をさしていた。なにか事情がわかるかもしれないと思い、スクルージは再び耳をすました。

彼はこの二人をもよく知っていた。彼らは実業家であり、大金持ちで有力な人物だった。彼はこの二人によく思われるよう、日頃から心がけていた。つまり商売上の立場からである。厳密に商売上の立場からである。

「やあ、こんにちは。」

「おお、こんにちは。」

「とうとうあの悪魔め、くたばったじゃありませんか、ねえ？」

「ええ、わたしもそんなことを聞きましたが。どうも冷えますな。」

「クリスマスですから、まあこんなものでしょう。あなたはスケートのほうはいかがで？」

「だめ、だめ、もっとほかに考えることがありますんでな。ではごめんください。」

それだけだった。これが二人が会ってから別れるまでの会話だった。

スクルージは最初、幽霊がこんなくだらない会話に重きをおくのはどうしたわけかと驚いたが、なにか隠れた意味がひそんでいるにちがいないと思い、それはどんなものだろうと考えた。

元の共同経営者のジェイコブ・マーレイの死には関係がありそうもない。

あれは過去のことであるし、この幽霊の領分は未来だからである。

そうかといって、自分に直接つながりのある人物で、当てはまるような者は見あたらなかった。しかし、だれの話であろうと、スクルージは、それが自分にとって隠れた教訓を含んでいるにちがいないと信じ、聞いたり見たりしたことは、ひとつのこらず大事におぼえておこうと決心した。ことに自分の幻が出てきたらよく見ておこうと思った。自分の将来の行動が、現在の自分に必要なものを示し、すべての謎を一気に解いてくれるだろうと期待したのだ。

彼は自分の姿がないかと見まわしたが、いつもの角には別の男が立っており、柱時計がふだんならすでに自分がそこへ来ている時刻を指しているにもかかわらず、玄関から無数に流れ込む人の群れの中にも自分の姿を見出すことはできなかった。

しかし、彼はあまり驚かなかった。もはや心の中で生き方を変えようと考えめぐらしていたので、すでにここでも彼の新しい決意が実現されたものと思い、また、それを希望していたからであった。

黒い幽霊は、物言わず彼のそばに立ったまま、手をさしのべていた。

スクルージが思索から覚めて見ると、自分との位置から、例の「見えない目」に鋭く見つめられているように感じ、ぞくっと寒気がした。

二人はにぎやかな場所を離れて、街のはずれにきた。どのあたりか見当はついていたし、いかがわしい評判も耳にしていたが、ついぞ足を踏み入れたことのない方面だった。

道路は不潔でせまく、店も家もみすぼらしく、人々は半裸同然の姿で酔っ払い、だらしない姿をさらしていた。路地やアーチ道には肥溜めのような悪臭が充満し、道端には、ごみと害虫が吐き出されていた。そしてこのあたり全体が、犯罪と不道徳と不幸で、けがれていた。

このいまわしい巣窟の奥のほうに、屋根がかたむき、軒が低く突き出た店があった。ここは鉄、ぼろ布、あきびん、骨類、脂のべとべとした綿屑などを買い取っていて、床の上には錆びついた鍵だの古釘、鎖、蝶番、やすり、秤皿、分銅だの、その他あらゆる種類の屑鉄が積み上げてあった。

汚いぼろ布の山や、腐った脂身の塊や、墓場の人骨かと思われるものまであり、探りを入れるのも不気味な秘密が隠されていた。

古煉瓦でつくった木炭ストーブのそばで、商品に埋もれているのは、七十歳にもなろうという白髪の、人でなしだった。外の寒さをふせぐために種々雑多のぼろ布を一列にかけわたして、むさくるしいカーテンを作り、その中で悠然とパイプをふかしていた。

スクルージと幽霊がこの男の前に来たとき、大きな包みをかかえた女が一人、こそこそと入ってきた。

この女が入るか入らないうちにこれまた、荷物を持った女がやって来て、そのすぐあとから、あせた黒い服を着た男がつづいて入ってきた。

女同士で顔を合わせたときも、たがいにひどく驚いたが、この男が女たちを見たときの驚きもそれにおとらなかった。しばらくは、パイプをくわえた老人まで一緒にポカンとしていたが、やがて三人はどっと笑い出した。

「うっちゃっといても、日雇い女はいちばん先に来るもんだよ。」

と、最初にはいってきた女が言った。

「ほっといても、二番目には洗濯ばばあが来るしね。それから三番目は葬儀屋というのがとおり相場だね。どうだい、おやじさん、これがもののはずみというものだよ！　まるで申し合わせたように三人が三人、ここで顔を合わせるとはね。」

「まったくいいところで一緒になったもんだて。」

とジョーじいは、パイプを口からはなしながら言った。

「さあ、居間へはいんな。おまえさんはもう昔っから勝手に出たり入ったりしてるんだし、あとの二人も知らねえ仲じゃねえからな。

まあ、待て、店の戸を閉めるからな。なんといやに、きしることか。この店じゅうで、戸じまりの蝶番ほどに錆びついた鉄っきれはありゃしない。わしみてえな古骨もまた、めったにねえしな。はははは！　わしらはみんな、この商売には似合いの連中さ。さあ、居間へはいんな、はいんな。」

居間というのは、ぼろ布のカーテンのうしろの場所のことだった。老人は階段の敷物のおさえ棒で火をかき集め、パイプの柄でくすぶっているランプの芯をなおし（もう夜になっていたので）、再びそのパイプを口へ持っていった。

老人がこうしている間に、先ほど口をきいた女が包みを床に投げ出し、得意げに台に腰をおろすと、両腕をひざのところで組み合わせ、あとの二人のほうを開きなおった目つきで見やった。

「で、どうしたというんだね、え、どうしたというんだ、ディルバーのおかみさん。だれだってみんな、自分の面倒をみる権利はあるんだよ。あいつなんか、しょっちゅうそうだったのさ。」

と、女は言った。

「まったくさ。ほんに。それにかけちゃだれだって、あいつ以上には、できなかろうよ。」

と、洗濯女が言った。

「そんなら、なにをそんなに、おっかなそうにきょときょとして突っ立ってんのさ、おかみさん。ばれるもんか。おたがい、だれかに言いつけたりはしないだろ?」

「むろんだよ。とんでもない。」

と、ディルバーのおかみさんと男が口をそろえて言った。

「なら、けっこう。もうそれでいいよ。こんな物、ひとつふたつなくしたからって、だれが困るものかね? 死んだ人間が困るわけでもあるまいに。」

と、女は怒鳴った。

「まったくそうだよ。」

と、ディルバーのおかみさんは笑った。

「あの因業な、守銭奴じじいめ、死んだあとまで品物をとっておきたかったら、なぜ、生きてるとき、人なみの暮らし方をしなかったんだい。そうすりゃ、死神に見舞われたときだって、だれか世話してくれる者もあったろうから、たった一人で、くたばらずにすんだろうにね。」

「まったくその通りだよ。罰が当たったのさ。」

ディルバーのおかみさんもあいづちを打った。

「罰を当てるなら、もうちっときつく当ててもらいたかったね、わたしだったら、こんなことじゃすまないね。その包みをあけておくれな、ジョージいさん。いくらになるか、はっきり言っとくれ。いちばん先だってかまやしないし、この人たちが見てたってかまやしない。ここで顔を合わさなくたって、おたがいに他人さまの物を失敬していること、わかってるからね。べつに悪いことじゃなし。あたしの包みをあけておくれよ、おやじさん。」

しかしあとの二人も、負けてはいなかった。

結局、あせた黒い服を着た男が、まっ先にぶん捕り品の披露におよんだ。それはたいしてかさのある物でなく、印章がひとつふたつに筆入れ、カフスボタンが一組、値打のなさそうなブローチがひとつ、それだけだった。ジョーじいは品物をひとつひとつ調べて値をつけると、それぞれ壁にその値を書きつけていき、もうこれだけだとわかると合計を出した。

「これがおまえさんの分だよ。たとえ、釜ゆでにされたって、これ以上びた一文出さないよ。次はだれかね？」

ディルバーのおかみさんだった。シーツにタオル、わずかの衣類、旧式な銀の茶さじが二本、角砂糖ばさみ、二、三足の靴。この分もまた同様、壁に書きつけられた。

「どうもわしは女衆には、いつも余計に払ってしまうでな。それがわしの欠点だて。だから貧乏してるわけさ。

これがおまえさんの分だよ。もう一ペニーくれ、この値じゃ不満だなんて言ってみろ、わしはこんなに気前よくしてやったのを引っ込めて、半クラウングらい差し引くからな。」

「さあ、今度はわたしの荷をあけておくれ。」

と、最初の女が言った。

ジョーじいは開きやすい姿勢をとるため、床にひざをついた。いくつもの結びこぶをほどいて引っぱり出したのは、くるくると巻いた、大きく重そうな黒い布だった。

「これはなんだね？　ベッドのカーテンじゃないか！」

「ああ、ベッドのカーテンだよ。」

と、女は腕を組んだまま、身をのり出して笑った。

「まさかおまえさんは、あの男が横たわっているまんまのところから、金具ごとそっくりはずしてきたんじゃあるまいね。」

と、ジョーじいはきいた。

「そうだよ。そうしたのさ。それがわるいかい？」

「おまえさんは生まれつき金もうけの才があるな。きっとひと財産つくるだろうよ。」

と、ジョーじいは言った。

「ちょっと手の届くところにあるんなら、なにもあんな男のためだからといって、わたしゃ、手を引っ込めたりはしないよ。それだけは言っておくよ、ジョーじいさん。それ、その油を毛布の上にこぼさないでおくれよ。」

女は落ちつきはらったものだった。

「あいつの毛布なのかい？」

と、ジョージいがたずねた。

「ほかのだれのだと言うんだい？　あいつは毛布なんかなくたって、べつに風邪をひく気づかいはなさそうだからね。」

と、ジョージいは手をとめて顔をあげた。

「なにか伝染病で死んだんじゃあるまいな、ええ？」

「そんな心配はいらないよ。そうだったら、あの男のそばをうろつきたがるものかね。ああ、そのシャツなら、目がいたくなるくらいようく見てかまわないよ。だが穴ひとつだって、すり切れたところ一か所だって見つかりっこないからね。それがあの男の持ってるなかじゃ極上のやつで、品も良いんだよ。わたしがいなかったら、むだにしちまうところだったのさ。」

「むだにしちまうとな？」

と、ジョージいは問い返した。

「それを着せて、埋葬しちまおうとしたからさ。」

と、女は笑った。

「どっかのばかが、それを着せたんだよ。だけどわたしがまた、ぬがしたのさ。あいつにはキャラコのシャツでたくさん、キャラコなんて、ほかの使いみちはないよ。死骸に着せるにゃ、ぴったりだ。そこにある極上のを着たって、この上なしにみっともないんだからね。」

スクルージはぞっとしながら、この話のやりとりを聞いていた。

老人のランプからさす、とぼしい光の中で、自分たちのぶん捕り品のまわりにすわっている彼らを見て、これ以上ないほどの憎しみと嫌悪を感じた。彼らが死体を売買するいまわしい鬼のように見えたのだ。

ジョー老人がフランネルの袋から金を取りだし、それぞれの分を数えて床の上に置くと、カーテンを持ってきた女は笑った。

「は、は、は！ とどのつまりはこうなるんだねえ。生きてるときに、だれもかれも恐がらせて寄りつかせなかったのは、死んでからこうしてわたしたちにもうけさせてくれるためだったんだよ。は、は、は、は！」

スクルージは、頭のてっぺんから足の爪さきまでふるえながら言った。

「幽霊さま、わかった。わかりました。わたしもこの不幸な男のようになるかもしれないのですね。今の生き方のままでは同じ道を行くことになりますね。おやおや、これはなんだろう！」

彼はぎょっとして後ずさりした。

場面が変わり、彼はひとつのベッドすれすれに立っていた。

むきだしのままの、カーテンもないベッド。ぼろぼろのシーツの下になにかが横たわっていた。口こそきかなかったが、その存在が恐ろしい事実を物語っていた。

スクルージは衝動にかられて、ここはどんな部屋かと見まわしたが、非常に暗くて、なにもはっきり見えなかった。

外からさし込んできたよわい光がまっすぐベッドにあたった。その上にはなにもかも、はぎ取られ、奪われたこの男の死体が、番をしてくれる者もなく、泣いてくれる者も世話をしてくれる者もいないままに横たわっていた。

スクルージはちらっと幽霊のほうを見た。

幽霊のゆるぎない手は、死体の頭のほうを指していた。

顔をおおう白い布はいかにもぞんざいにかけてあるので、スクルージが指一本動かせば、わけなく顔が現れるのだった。

そうしたくてたまらなかった。それでいながら、かたわらにいる幽霊を追いやる力がないのと同様、その布をとりのける力は、彼にはなかった。

おお、冷たく冷たく硬い、恐ろしい死よ。おまえの祭壇をここに築け。そしておまえが自由にあやつる恐怖でかざれ。これはおまえの領土なのだから！

だが、愛され尊敬され名誉をさずけられた頭には、おまえの恐ろしい目的のために髪の毛一本さわることはならないし、顔形のどれ一つとして醜くゆがめることはできない。たとえその死者の手が重く、ぐったり落ちるとしても、その心臓や脈搏がとまっているとしても。

いや、その手はかつては、寛大で、誠実な手であったし、心臓は勇敢で、暖かく、やさしく、脈搏には人情がかよっていたのだ。

打てよ、死よ、打ってみるがいい！　そしてその傷口から彼の良い行動がふきだし、不滅の生命を世界に植えつけるのを見るがよい！

こんな言葉が声となってスクルージの耳に入ったわけではない。が、しかし彼はベッドをながめているうちにそれを聞いたのである。

スクルージは考えた。この男がもし今、起きあがったら、まっ先に考えることはなんだろう。金への執着か、冷酷な取り引きか、尽きぬ不平不満か？　いかにも、それらのもののおかげで彼はけっこうな最期を迎えたわけだ！

この男は、暗い空虚な家にひとりきりで横たわっているのだ。

彼がわたしにこうしてくれた、ああしてくれたと言う者も、また、ひと言やさしい言葉をかけてもらったから、わたしもこの人に親切にするのだという者は、男も女も子どもも一人もいないのだ。

一匹の猫が戸口を引っかいていた。炉石の下ではネズミがガリガリかじる音がした。猫もネズミも、こんな死人の部屋でなにをのぞんでいるのか？　どうしてこんなに落ちつかず騒がしいのか？　スクルージは考えてみる勇気がなかった。

「幽霊さま、ここは恐ろしい場所でございます。ここを立ち去っても、学んだ教えは決して忘れません。さあ、まいりましょう。」

と、スクルージは言ったが、幽霊の指はじっと動かずに男の頭をさしていた。

「わかっております。できることならいたしますが、わたしにはその力がありません、幽霊さま。わたしにはその力がございません。」

ふたたび、幽霊はスクルージを見ているようだった。

スクルージは身もだえしながら頼んだ。

「もしこの街で、この男の死によって、少しでも心を動かされる人があるなら、どうか、その人をわたしに見せてください、幽霊さま、お願いいたします。」

幽霊はその黒衣をさっと一瞬、翼のように目の前にひろげたかと思うと、また引きおろした。

するとそこは昼間の部屋で、母親と子どもたちがいた。

母親はだれかの帰りを待ちわびているようすだった。部屋を行きつ戻りつしたり、ちょっと物音がする度にとびあがったり、窓の外を見たり、時計に目をやったりして、針仕事をしようとしても、だめだった。遊んでいる子どもたちの声にさえ、たまらなくいらいらしていた。

ついに、待ちに待った戸をたたく音がした。彼女は戸口へとんで行って夫をむかえた。

夫というのは年はまだ若いが、苦労にやつれた、元気のない顔をしていた。ところがその顔に、奇妙な表情がうかんでいた。内心、喜びを感じているのを恥ずかしく思い、一生懸命、外にあらわすまいと抑えているような表情だった。

彼は、炉辺に暖めてあった夕食を味わいはじめた。妻がなにかニュースでも、とこわごわたずねると（それも長いこと、おし黙っていたあげくのことだった）、夫はなんと答えたらいいものかと困ったようすだった。

「よい知らせ？　それとも悪い知らせ？」

と、妻は彼が答えやすいように切り出した。

「悪いのだよ。」

「じゃ、わたしたち、破産ですの？」

「いや、まだ望みはあるんだよ、カロライン。」

彼女は意外に思ったようだった。

「もし、あの人が待ってくれればね。ええ、望みはあるわ！　もしもそんな奇蹟のようなことが起こるのなら、どんな望みだって捨てられないもの。」

「待ってくれるどころではない、あの人は死んだのだよ。」

顔から判断すると、彼女はおとなしい辛抱づよい女だった。だが彼女はそれを聞いて、心の中でありがたいと思い、両手を握りしめたまま、ありがたいと口に出した。

次の瞬間、彼女は悪かったと思い、神に許しを乞うた。だが最初に口にした言葉が、彼女の心からの気持ちだった。

「昨夜、ぼくが一週間の猶予を頼みにあの人に会いにいったとき、少し酔っぱらった女に会ったと言っただろう、あの女がぼくに話したことは、ほんとうだったんだよ。ただぼくを避けるための口実にすぎないと思ったんだが、あの人は病気だというばかりでなく、あのとき、もう死にかかっていたんだね。」

「わたしたちの借金は、だれに返すことになるのかしら?」

「それはわからないよ。だが、そのまえにぼくたちは金の工面ができるだろう。でも、たとえ間に合わないとしても、ぼくたちがよくよく運が悪いなら別だが、あれほど無情な人間がまたと現れるとは考えられないよ。とにかく今夜は安心して眠れるよ、カロライン!」

できるだけ気持ちを抑えようとしても、二人の心はだんだん軽くなっていった。なんのことかわからないまま、鳴りをしずめて二人のまわりに集まっていた子どもたちの顔も、晴れやかになった。

　これこそ、この男の死によって幸福になった家庭だった。

「もう少しやさしい気持ちが死んだ人にそそがれているのを見せてくださいな。幽霊さま、そうでないとたった今、出てきたあの暗い部屋がいつまでもわたしの目にちらついてしかたがありません。」

　幽霊は、スクルージの歩きなれた街道をいくつか通りぬけていった。

　途中スクルージは、自分の姿が見えないかとあちこちをながめたが、どこにも見あたらなかった。

　二人は貧しいボブ・クラチットの家へ入っていった。まえにも訪ねた家だ。母親と子どもたちは炉辺にすわっていた。

　静かだった。じつに静かだった。

　騒々しい小さな二人組まで炉辺の片すみに置物のようにじっとすわり、ピーターを見あげていた。ピーターは本を開いていた。

　母親と娘たちはせっせと針を運んでいた。だが確かに彼らは非常に静かだった！

「そして、ひとりの子どもの手を取って彼らのまん中に立たせ……。」

　スクルージはどこで、この言葉を聞いたのだろうか？　夢に見たわけではなし、幽霊と一緒にこの家の戸口をくぐったとき、ピーターが読みあげたものにちがいない。それならどうしてその先を読みつづけないのだろう？

母親は縫い物をテーブルに置くと、手を顔にあてて、

「どうもこの色は目が疲れるわね。」

と、言った。

黒い色が？　ティム坊はどこだ？　ああ、かわいそうなティム坊！

「もうよくなったわ。」

と、クラチット夫人は言った。

「ロウソクの光だと目にこたえるからね。でもどんなことがあっても、父さんがお帰りのときにぼんやりした目をお見せするわけにはいかないからね。もうじきに帰ってみえる時刻よ。」

「少しおそいくらいだよ。」

と、ピーターは本を閉じながら答えた。

「だけど、この二、三日というもの、父さんはまえより少し、歩くのが遅くなった気がするんだよ、母さん。」

彼らはまた静かになった。

クラチット夫人は一度、涙声になったが、しっかりした元気のいい声に戻ってこう言った。

「父さんはティム坊を――ティム坊を肩車にのせて、とても早く歩いたものねえ。」

「そうだね。いつもそうだった。」

と、ピーターが言った。

「そうだったわ。」

と、ほかの者も叫び、みんな、それを思い出した。

クラチット夫人は一心に針仕事をつづけながら、また言った。

「あの子はとても軽かったからね。それに父さんはあの子をそれはそれはかわいがっていたから、ちっとも苦にならなかったのよ。そら、父さんのお帰りよ！」

彼女はいそいで出迎えた。

小柄なボブは、えりまきにくるまって入ってきた。かわいそうに、今ほどボブにとって、なぐさめの必要な時はなかった。

彼のためのお茶が暖炉の横に用意されており、みんなはあらそうように、ボブにお茶の給仕をした。

それから小さな二人組は父のひざにのぼり、「元気を出して、父さん。悲しまないで。」と言うように、小さな頬を彼の頬にすりよせた。

ボブは元気よく家族の者たちに話しかけた。

テーブルにのっている縫い物を見て、「精を出してよく縫うね、えらい、えらい、これでは日曜日のずっとまえに、できてしまうだろうよ。」と言って、妻と娘たちをほめた。

「日曜日ですって？　では、ロバート、きょう、見にいったのね？」

と、妻がたずねた。

「そうだよ。おまえも一緒だったらよかったのになあと思ったよ。あの青々としたところを見れば、おまえもきっと安心しただろうよ。もっとも、これから何度も見るだろうけれどね。日曜日ごとにくるよと、あの子に約束したよ。ティム坊、かわいいティム坊！」

突然ボブは泣き出した。泣き出さずにいられなかったのだ。泣き出さずにいられるくらいなら、彼とティム坊の間には距離があったことになるのだ。

ボブはそこを出て、二階の部屋へあがっていった。部屋には灯りが明るくともり、クリスマスの飾りがしてあった。

子どものすぐそばに一脚の椅子が置いてあり、今しがたまで、だれかがすわっていたあとがあった。

あわれなボブはそれに腰かけ、しばらく考え込んでいたが、気が落ちついてくると、子どもの小さな顔にキスした。あきらめがつくと、また晴れやかさをとりもどして、階下へおりていった。

家族は火のまわりに集まり、話し合った。娘たちと母親は針仕事をつづけていた。ボブは、スクルージさんの甥御さんは、まえに一度ぐらいしか会ったことがないのに、なんていう親切な方だろうと、みんなに話してきかせた。

今日、街で会ったら、自分が少し弱っているのを見て――「ほら、ちょっとばかり弱っているもんでね。」――と、ボブは言った――なにか心配なことでもあるのかとたずねてくれた。

「それでね。」

と、ボブは言った。

「あの方があまりやさしく話しかけてくださるもんで、わたしが事情を話すとね、『それはじつにお気の毒ですね、クラチットさん。あなたのやさしい奥さんのために、心からご同情いたします』っておっしゃったんだよ。ところで、どうしてあの方はご存じなのだろうね？」

「なにをですの？」

「おまえがやさしい家内だということをさ。」

「だれもみんな、知っているよ。」

と、ピーターが言った。

「よく言った、ピーター！」

ボブは叫んだ。

「どうかみんなに知っておいてもらいたいね。『心からご同情いたします。あなたのやさしい奥さまのためにね』と、こう、おっしゃってね。『もしわたしでなにかお役に立つことでもありましたら、これがわたしの住所ですから、どうか、いらしてください』と名刺をくださったのだよ。

なにもあの方が、なにかしてくださるかもしれないということがうれしいんじゃない、あの方の親切な心が、ありがたかったのだよ。まるでうちのティム坊をご存じで、わたしたちに同情してくださっているような気持ちになったくらいだ。」

「きっといい方なのね。」

と、クラチット夫人が言った。

「会って話してごらん、きっとそう思うから。わたしはね――いいかい、よくお聞き、――彼がピーターになにかいい働き口を見つけてくださる気がするんだよ。」

「まあ、聞いた、ピーター?」

と、クラチット夫人は言った。

「そうすればピーターはだれかと一緒になって、べつに所帯を持てるようになるのね。」

と、娘の一人が叫んだ。

「ばか言え!」

ピーターは、にやにや笑いながらやり返した。

「まあ、そういうことにもなるだろうよ、いずれはね。もっともそれにはまだ間があるがね。だがたとえ、わたしたちがいつ、はなればなれになるにしても、だれも、ティム坊のことは忘れないだろうね。そうだろう？　――うちで起こったこの最初の別れのことをね。」

「忘れません、父さん。」

みんなはいっせいに叫んだ。

「それから、いいかい、あんな小さいティム坊でも、あれほどに辛抱して、苦しくなっても不自由でも、不平を言わなかったんだから、みんなもティム坊のことをよく考えて仲よく暮らすんだぞ。ティム坊のいちばん嫌いなことはけんかだったんだから、家ではけんかをするやつは、ティム坊を忘れたのと同じだよ。」

「父さん、わかりました！」

みんなはまた一人のこらず叫んだ。

「わたしはしあわせだ。わたしはしあわせだよ！」

と、ボブは言った。

クラチット夫人と娘たちと小さな二人組は彼にキスし、ピーターは握手した。

幼いティム坊の魂よ、その子どもらしい清らかな心はまさしく神からのさずかりものである。

「幽霊さま、お別れする時刻がせまってきたようです。なんとなくそんな気がするのです。さっき見たあの死んだ人はどんな人間なのか、どうか聞かせてくださいませんか？」

と、スクルージは頼んだ。

「未来のクリスマスの幽霊」は、まえと同じく実業家たちの集まる場所へとスクルージを運んでいった。――もっとも時はちがっているようであった。これまでに見た場面はすべて未来のものであるというほか、なんの順序もないように思われた――だがその人たちの中にスクルージ自身の姿は見あたらなかった。

幽霊はどこにも立ちどまらずに、いま、求められた場所に向かってどんどん進んでいった。

そのうちにスクルージは、ちょっと待ってくださいと頼んだ。

「わたしたちが今、急いで通っているこの路地は、わたしが長いこと商売をしている場所です。その家が見えます。将来、わたしがどんな姿になるのか見せてください。」

幽霊は立ちどまったが、その手は、他のほうをさしていた。

「その家はそこにあります。なぜ、そんなほうを指すのですか？」

けれども指は頑として動かなかった。

スクルージはいそいで自分の事務所の窓へ行き、中をのぞきこんだ。

それはやはり事務所だったが、彼のものはなかった。家具もちがっていたし、椅子にすわっているのも自分ではなかった。幽霊は、あいかわらず同じほうを指さしていた。スクルージはふたたび幽霊のところへ戻り、いったい自分がいないのはどういうわけだろうと考えこみながら、ついていくうちに、二人は鉄門にたどり着いた。

門に入るまえに、スクルージはあたりを見まわした。

墓地だった。

では、これから名前を知るであろう、あのあわれな男がここに埋葬されているのだな。

たしかにそれらしい場所である。周囲を家にかこまれ、草や雑草がはびこっていた。こういう草は植物の生命の産物ではなく、死の産物であった。あまりに多くの人をのみこんだために息がつまり、食べすぎで肥え茂った墓地。それらしい場所である。

幽霊は墓石の間に立って、そのひとつを指さした。

スクルージはぶるぶるふるえながら進み出た。

幽霊はこれまでと少しも変わらぬ姿をしていたが、そのおごそかな姿に、なにかまた、今まで気づかなかった新しい意味を見出したようでおそろしくなった。

「わたしがあなたが今、指さしているその墓に近づく前に、一つだけ教えてください。これは将来かならず、そうなるという影なのですか、それとも、こうなるかもしれないというものなのでしょうか？」

しかし幽霊はあいかわらず、かたわらの墓を指さしているだけだった。

「人の進む道は、それを固守していれば、ある定まった結果にたどりつくものでしょう。それは、前もってわかることでしょう。けれども、もしそのふるまいを改めれば、結果も変わるのじゃありませんか。あなたがわたしにお示しくださったものも、その通りだとおっしゃってくださいませんか？」

幽霊は依然、立ちつくしているだけだった。

スクルージはふるえながら幽霊のほうへにじりより、指の方向をたどっていきながら、なおざりにされた墓石の上に「エビニーザ・スクルージ」という自分の名前を読んだ。

「では、あそこに横たわっていたあの男は、わたしなのですか？」

と、彼はひざをついて叫んだ。

指は墓から彼のほうに向けられ、それからまた元に返った。

「いいえ、幽霊さま！　ああ、いやだ！　いやだ！」

指はなおもそのままだった。

「幽霊さま！」

と、彼は幽霊の衣にかたく、しがみつきながら叫んだ。

「わたしの言うことを聞いてください。わたしは、今までのわたしとはちがいます。もしお近づきになっていなかったら、ああなったにちがいないでしょう。けれどもあんな人間にはもう決して戻りません。わたしに少しも望みがないのなら、どうして、こんなものをわたしにお見せになるのですか？」

　このときはじめて、幽霊の手がふるえているように見えた。

　スクルージは幽霊の前の地面にひれふして言葉をつづけた。

「善良な幽霊さま、あなたの本心は、わたしのためにとりなし、あわれんでくださるということですね？　わたしが心を入れかえたならば、こうしてお見せくださいました影を変えられるとおっしゃってください。」

　親切な手は、ぶるぶるふるえた。

「わたしは心からクリスマスを尊び、一年じゅう、その気持ちですごすようにいたします。わたしは過去、現在、未来の教えのなかに生きます。三人の幽霊さまの精神を、わたしの心の支えとします。お三方からの教えを心から閉め出すようなことはいたしません。おお、この墓石に書いてある名前をふき消してもよいとおっしゃってください。」

　彼は必死になって幽霊の手をつかんだ。手はそれをふり放そうとしたが、彼はなんとしても願いをかなえてもらおうと、力をふるって握りつづけた。

　だが幽霊のほうがいっそう力が強かったので、彼をふり放した。

自分の運命を入れかえてもらうための、最後の祈りとして両手をかかげたとき、スクルージは幽霊のフードと衣が変化していることに気づいた。

それはちぢみ、へたへたと小さくなり、ついには天蓋つきベッドの柱の一本となってしまった。

第5章　事の終わり

そうだ！　このベッドの柱は自分のものだ。ベッドも自分のものだし、部屋も自分のものだ。

それよりも、なによりうれしいことに、行く手に横たわる「時」が自分のものであり、これまでの埋めあわせができることである！

「わたしは過去と現在と未来の中に生きよう。三人の幽霊の教えを支えとしていこう。おお、ジェイコブ・マーレイよ！　神とクリスマスを讃美いたします。わたしはひざまずいて言ってるんだ、ジェイコブじいさんよ、この通りひざまずいて。」

彼はあまりにも、自分の崇高な改心に興奮してのぼせてしまい、声はとぎれとぎれで、なかなか思うように出なかった。

彼は幽霊とはげしくもみ合っているとき、泣きじゃくったらしく、顔は涙でぐっしょりとぬれていた。

「引きはずされなかったんだな。」

と、スクルージは天蓋つきベッドのカーテンのいっぽうを両腕に抱きしめながら叫んだ。

「金具ごと引きはずされなくてすんだのだ。ちゃんとこうしてあるわい——わたしもだ。——そうだ、将来こうなるぞという影も、消して消せないことはないのだ。消せるとも。きっと消せるとも！」

こうしている間も彼の両手はいそがしく服をいじくっていた。裏返しにしたり、さかさに着てみたり、引き裂いたり、置きちがえたりして、あらゆるとほうもないことをやってみた。

「どうしたらいいかわからないな。」

と、スクルージは、いっときに笑って泣いた。そして靴下を首に巻きつけて二匹の大蛇にしめ殺されたラオコーンのかっこうを真似た。

「羽根のように軽くて、天使のように幸せで、小学生のように愉快だ。酔っぱらいのように目がまわるぞ。みんな、クリスマスおめでとう！　世界じゅうのみなさん、よい年を迎えられますように！　ヤッホー！　ヤッホー！」

彼は、ピョンピョンはねながら居間へ行き、すっかり息を切らして立ちどまった。

「粥が入った鍋があるぞ！」

と、叫ぶと、スクルージはまたもや、とびあがって暖炉のまわりを踊るように歩きだした。

「ほら、ジェイコブ・マーレイの亡霊が入ってきたのは、あの戸口だ。現在のクリスマスの幽霊はあのすみにすわっていたんだよ。さまよえる亡霊たちを見たのはあの窓だし。なにもかも、ちゃんとしている。なにもかも、真実なのだ。ほんとうにあったんだ。は、は、は！」

長い年月、笑ったことのない彼にしては、実際、すばらしい笑いであった。このうえなく華やかな笑いであった。これからさきに続く、晴れやかな笑いのご先祖さまとなる笑いだった。

「今日は、何日だろう。いったい、どのくらいの間、わたしは幽霊がたといっしょにいたんだろう。なにもかもわからんわい。まるで赤ん坊だ。気にすることはない。かまうもんか。いっそ赤ん坊でいい。ヤッホー！　ヤッホー！」

そのとき、有頂天な状態をやぶってこれまで聞いたこともないような美しい教会の鐘の音がにぎやかに響いた。

カラーン、カラーンと鐘を打つ音。

ディン、ドンとベル。ドン、ディン。カラン、カラーン。

おお、なんとすてきだろう。なんとすてきだろう！

スクルージは窓に駆けよって、頭を突きだした。霧も靄もない、すんだ、晴れわたった、陽気で浮き浮きするような、冷たい朝。
　体じゅうの血が踊り出さずにいられないような気持ちのいい冷たさ。金色の日の光、神々しい青空、さわやかな空気、たのしい鐘の音、おお、すてきだ！　なんてすてきなんだ！

「きょうは、なんの日だね？」

と、スクルージは日曜日の晴れ着を着た少年に声をかけた。少年はスクルージを見て、近寄ってきた。

「きょうは、なんの日だね、素敵なぼうや？」

「なんの日かだって？　クリスマスに決まってるよ。」

「クリスマスだ！　すると、わたしは逃さずにすんだのだ。幽霊がたは、あれを一晩ですませてくださったものとみえる。あの方たちは、なんでも思うとおりにできるんだからな。そりゃそうだ。当然そうだとも。」

と、ひとりごとを言ってから、

「おーい、ぼうや！」

「おーい！」

と、少年も返事をした。

「ひとつおいて先の通りに、鶏肉屋があるのを知ってるかね？」

「知ってるよ。」

と、男の子は答えた。

「りこうな子だよ、えらい子だ。あそこに賞をとった七面鳥がぶらさがってたのが売れちゃったかどうか知ってるかい？　――賞をとったのでも、小さいほうの七面鳥じゃなくて、大きいほうだよ。」

「なんだって！　あの、ぼくと同じくらいの大きさのやつでしょう？」

と、少年は問い返した。

「なんて愉快な子だろう。この子と話をするのは、まったくうれしいよ。そうだよ、ぼうや。」

「今でもぶらさがってるよ。」

「そうかい。それを買ってきておくれ。」

「まさか！」

と、少年は叫んだ。

「いや、いや、わたしは本気だよ。買いにいっておくれ。そして、ここへ持ってくるように言ってな。そうすれば、届け先を指図してやれるからね。お店の人と一緒に帰っておいで。そうしたら一シリングあげよう。五分たたないうちに帰ってきたら、半クラウンだ。」

少年は鉄砲玉のように駆けだした。射撃の名人でもこの少年の半分の速さで弾丸を打てたら、たいした腕前にちがいない。

「ボブ・クラチットに送ってやろう。」

スクルージは両手をこすり合わせ、おなかの皮をよじらせて笑った。

「だれから送ってきたかは知らせちゃいけない。あの七面鳥はティム坊の二倍はあるだろうよ。コメディアンのジョー・ミラーだって、あれをボブのところに送るような冗談はしたことがなかろうな。」

あて名を書く手がぶるぶるふるえて、うまく書けなかった！　だが、とにかく書くことは書いて、階下におりていき、表の戸をあけて、使いが来るのを待っていた。

そのとき、ふとドア・ノッカーが目についた。

「わたしが生きているかぎりこれを大事にしよう！」

と、スクルージはそれをなでた。

「これまでろくに見たこともなかったなあ。なんて正直そうな顔つきなんだろう。すばらしいノッカーだ！　――それ、七面鳥が来たぞ。ヤッホー！　ホー！　ご苦労さん！　クリスマスおめでとう！」

それはみごとな七面鳥だった。こんなに太っていたら自分の脚では立てなかったろうよ、この鳥は。たちまち、封蠟の棒のようにポキンと折れてしまったことだろう。

「これじゃあとても、カムデン・タウンまでかついじゃいかれないね。馬車でなくちゃだめだ。」

彼はくすくす笑いながらこう言うと、くすくす笑いながら七面鳥の代金を払い、馬車代を渡し、くすくす笑いながら少年におだちんをあたえ、とうとうくすくす笑いに圧倒されて、息も絶え絶えに自分の椅子にくずれこみ、なおも笑っているうちに泣きだしてしまった。

手がいつまでもひどくふるえて、ひげを剃るのもひと苦労だった。ひげ剃りというのは、踊っていないときでもなかなかの注意が必要なのだ。しかし今の彼はたとえ鼻の先を切り落としたとしても、絆創膏をペタッとはりつけただけですっかり満足していたことだろう。

彼はいちばんいい晴れ着を着て、街へ出かけていった。この頃には、彼が「現在のクリスマスの幽霊」と一緒に見たとおり、人があふれかえっていた。

スクルージはうしろ手に組んで歩きながら、だれかれとなく、にこやかな微笑をたたえながらながめた。

彼があまり愉快そうなので、気のよい連中が三、四人、

「だんな、おはようございます！　良いクリスマスを！」

と、声をかけた。

スクルージは、今までこんなに耳にここちよい響きを聞いたことがなかった、とその後もたびたび話した。

いくらも行かないうちに、むこうから恰幅のいい紳士が歩いてきた。昨日、彼の事務所に入ってきて、「スクルージ・マーレイ商会でございましたね？」と言った紳士である。

顔を合わせたら、この老紳士が自分のことをどんな風に見るだろうと思うと、スクルージは胸がずきずき痛むのをおぼえた。

しかし彼は、もはや自分が進むべき道を知っていた。そしてそれに向かって進んだ。

「もし、あなた。」

と、スクルージは足を早めて老紳士に歩みより、その両手をとった。

「ごきげんよう。昨日はうまくいきましたか？　ご親切にほんとうにありがとうございました。まずはクリスマスおめでとう！」

「スクルージさんでしょうか？」

「そうです。ですが、これはどうも、あなたにはあんまり感じのいい名前ではないと存じますが。幾重にもお許しください。それからまことに恐れ入りますが――。」

スクルージは紳士の耳になにごとかささやいた。

「これはまあ、いったい！」

紳士は息がとまったかのような声を出した。

「まあ、スクルージさん、あなた、本気ですかね?」

「どうぞそれより一銭も欠けないようにお願いしたいのです。いままでの未払いの分もぜんぶ入れてありますんでね。そうしていただけましょうか?」

紳士は彼の手を握りしめながら、

「あなたのこのような御厚志に対しまして、なんとお礼を申しあげてよいか――。」

「もうなにもおっしゃってくださいますな。あとでいらしてください。お出でいただけましょうか?」

「寄らせていただきますとも。」

と、老紳士は叫んだ。行くつもりであることは明らかだった。

「ありがとうございます。厚くお礼を申しあげます。何度でもお礼を申しあげます。ごきげんよう。」

スクルージは教会へ出かけ、それから街を歩きまわりながら、人々が急ぎ足で行きかうのをながめたり、子どもたちの頭をなでてやったり、物乞いにものをたずねたり、家々の台所をのぞいたり、窓を見あげたりした。

そして、なにもかもが彼を愉快にしてくれることに気がついた。

彼は散歩というものが――散歩にかぎらずなにごとも――こんなに気分を楽しくする

とは夢にも考えたことがなかった。午後には、甥の家のほうへと向かった。扉の前まで行って、戸を叩く勇気がどうしても出てこないので、なんべん、戸口を通りこしたかしれなかった。しかしついに意を決してノックした。

「ご主人はおいでかな？」

と、スクルージは出てきたお手伝いの娘に言った。かわいい娘だ！　まったく感じのいい娘だ。

「はい、いらっしゃいます。」

「どこにおいでかね？」

「食堂にいらっしゃいます。奥様とご一緒に。では、お二階にご案内いたしましょう。」

「ありがとう。ご主人はわたしを知っておいでだから。」

と、もう食堂の錠に手をかけながらスクルージは言った。

「お邪魔しますよ。」

彼はそっと錠をまわし、戸のかげから、中をのぞきこんだ。

彼らは食卓をながめているところだった（食卓はたいそう立派に飾り立ててあった）。若い主婦というものはこういう点についてはいつも神経質で、なにもかもがきちんとなっていなければ承知できないのだ。

「フレッド！」

と、スクルージは言った。

おお！　甥の妻がなんと驚いたことか！

スクルージは、甥の妻が足台に足を投げ出したまますわっているとは思わなかった。もしわかっていたら、どんなことがあっても、急にドアを開けて声をかけたりはしなかっただろう。

「ああ、おどろいた。どなたです？」

と、フレッドは叫んだ。

「わたしだよ。おまえの伯父のスクルージだ。ごちそうになりに来たんだよ。入れてくれないか？　フレッド？」

入れてくれるかですって！　フレッドは、伯父の手を握り、熱烈にゆさぶったので、スクルージの腕がふりちぎれなかったのが幸いだった。

五分もすると、スクルージはすっかりくつろいだ気分になった。これほど真心こもった歓迎ぶりはまたとない。姪は（幻で見たのと）同じだった。次にトッパーが来たが、これまた同じだった。ぽっちゃりとした妹たちもそうだし、だれもみな幽霊が見せてくれた幻と同じだった。

すばらしいパーティ、すばらしいゲーム、すばらしい団欒、すばらしい、すばらしい幸福！

翌朝、彼はやばやと事務所に出かけていった。早くに出かけていったのである。なんとしてでも先についていて、ボブ・クラチットが遅刻したところをつかまえなくてはならない。ぜひともそうしようと彼は決めていたのだ。

そしてそのとおりになった。

時計が九時を打った。ボブはまだ来ない。十五分すぎた。まだ来ない。ボブはたっぷり十八分と半も、遅刻した。彼が箱のような部屋に入ってくるところが見えるようにと、スクルージは自分の部屋のドアをあけ放ったままですわっていた。

ボブはドアをあけるまえに帽子をぬぎ、えりまきもとっていた。またたくまに椅子にすわると、過ぎ去ってしまった九時に追いつこうとするかのように、せっせとペンを走らせはじめた。

「おい！」

と、スクルージはできるだけいつもの声に似せようとつとめながら、うなった。

「今ごろここへやってくるとは、どういう了見なんだね？」

「まことにすみません。遅刻しました。」

「おそいね！　そうだ、たしかに遅刻だ。ここへ来たまえ。」

「一年にたった一度のことです。」

と、ボブは箱のような部屋から出てきて訴えた。

「二度とこんなことはいたしません。昨日は少し騒ぎすぎました。」

「ではきみ、いいかね、じつのところ、わたしはもうこんなことにはこれ以上、がまんがならないんだ。そこでだ。」

スクルージは椅子から飛びあがると、ボブのチョッキのあたりをぐいっとこづいたので、ボブはよろよろとして、ふたたび箱のような部屋の中へよろめき込んだ。

「そこで、きみの給料をあげてやろうかと思うんだよ。」

ボブはふるえあがり、ものさしの置いてあるほうに近づいた。それでもってスクルージをなぐりつけ、おさえつけて、路地にいる人々に助けを求めて、なにか、しばるものでも持ってきてもらおうと、とっさに考えたのだった。

「クリスマスおめでとう、ボブくん！」

ボブの背中をたたきながら、こう言ったスクルージの声には、まごうかたなき誠意がこもっていた。

「この何年もの間のどのクリスマスよりも今年はめでたいクリスマスだ、ボブくん！きみの給料を引きあげるし、きみのご家族の生活も援助しようと思っているから、ま、今日の午後にでも、熱いグリューワインでクリスマスを祝いながら、ゆっくりと相談しようじゃないか。

さあ、火をおこしなさい。そして仕事にかかるまえに、もうひとつ石炭入れを買ってくるんだ、ボブ・クラチット！」

スクルージは、約束よりもはるかにすばらしいことをした。彼は自分の言ったことはすべて実行し、それよりもっともっと多くのことをした。そして、実際は死ななかったティム坊の第二の父となった。

スクルージは、この古き善き都ロンドンで、だれからも愛されるよき友、よき主人、よき人となった。この素晴らしい世界のどの市、どの町、どの区を探しても、彼ほど慈愛に満ちた人間はまたといないと言ってよかろう。

人によっては彼が別人のようになったのを見て笑ったが、彼はそういう人たちを笑うがままにしておき、少しも気にかけなかった。

この世では、なにごとも善いことは、必ず最初はだれかしらに大笑いに笑われるものだということを心得ていた。また、そういう人々はものごとを正しく判断する目を持っていないので、それをまぎらわすために目を細めて笑うということもわかっていた。彼自身の心は晴れやかに笑っていた。それで彼にはじゅうぶんだった。

それ以来、彼は幽霊と出会うことはなく、また、絶対禁酒主義を貫いて暮らした。そして、この世でクリスマスの祝い方を知っている者といえば、スクルージさんこそ、その人だと言われるようになった。

わたしたちも同じように言われますように、わたしたちのすべての者がそうなりますように。

それからティム坊が言ったとおり、「神さまの祝福がみんなにありますように！」

しあわせな王子さま

The Happy Prince

オスカー・ワイルド

村岡花子 訳

オスカー・ワイルド

Oscar Wilde

（1854年10月16日～1900年11月30日）

詩人、作家、劇作家。アイルランド・ダブリン生まれ。オックスフォード大学卒業。『しあわせな王子さま』『サロメ』『ドリアン・グレイの肖像』など、多くの作品をのこした。

1

にぎやかな町の広場のまん中にある一本の丸い柱の上に、しあわせ王子の像が町じゅうを見おろすように、たかだかと立っていました。

その王子の像は、手も足も頭も顔も、からだじゅうぜんぶが、金箔（きんぱく）で、つつまれていました。

ふたつの目には、きらきら光る青色のサファイヤが、はめこんでありました。手ににぎっている刀のつかには、大きな赤いルビーがかがやいていました。

この王子の像は、たいへんりっぱなので、町じゅうの人々の人気のまとでした。

この町のある議員さんは、

「王子の像はとてもりっぱだ。風見の鶏（とり）なんかとてもかなわん。しかし、いくらりっぱだといっても、風見の鶏（とり）のように、じっさいの役に立ちはしないがね。」

と、いいました。

風見の鶏（とり）は、美しい上に、風の吹（ふ）いてくる方角をしらせてくれるので、町の人たちには、たいへん役に立って便利だったからです。

町の人たちも、王子の像は風見の鶏よりりっぱだとほめてはいましたが、風見の鶏のように役に立つとは思っていませんでした。しかし王子の像も、いろいろなことで町の人たちの役に立ってはいたのです。

小さな子どもが、

「あのお月さまを、とってちょうだい。」

といって、泣いたりしますと、おかあさんは、

「あら、なんて、ぼうやはわからずやさんなんでしょうね。あの王子さまの像をごらんなさい。王子さまは、そんな無理なおねだりなんかなさらない、おりこうさんですよ。」

と、いって、なだめました。

また、いろいろなことに、いつも、失敗して、世の中にのぞみをすっかりなくしてしまった人は、この像をみて、

「世の中には、こんなしあわせな人もいるんだから、わしだって、まだ、のぞみをすてるのは早いかな。」

と、元気をとりもどしました。

まっ赤な外套に白いエプロンをかけた孤児院の子どもたちは、

「王子さまは、まるで天使のようね。」

といいました。

それを聞いた先生が、

「どうして、おまえたちに、そんなことがわかるんだね。天使なんか、見たこともないくせに。」

と、いいました。

子どもたちは、

「だって先生、あたし、夢の中で天使を見たんですもの。」

先生は、ひたいに、しわをよせて、しぶい顔をしました。

それは、子どもたちが夢でみたことなどを本気にするのは、わるいことだと思ったからです。

2

さて、ある晩のことでした。

この町へ一羽のつばめが、飛んできました。仲間のつばめたちは、みんななかよく、エジプトのほうへ、とんでいったのですが、このつばめだけは、とりのこされてしまったのです。

なぜ、このつばめは、仲間たちといっしょにエジプトへ飛んでいかなかったのでしょう。それは、川べりにはえている美しい葦とたいへんなかよしになったからでした。

このつばめが、はじめて、その美しい葦にあったのは、やっと春になったころのことでした。つばめが羽の色の黄色い大きなちょうちょうを追いかけて、川下のほうへ、とんでいったとき、ふと、川べりの葦を見たのがはじまりでした。

そのとき、葦のすがたが、ほっそりしていて、とても、かわいらしかったので、つばめはすっかり葦が好きになってしまいました。

つばめは、なんでも思ったとおりのことを、そのまま言ってしまうたちでしたから、

「ねえ、葦さん、ぼくはあなたが好きです。なかよしになりませんか。」

と言いました。

すると葦は、頭をこっくり、こっくりしながら、ていねいにおじぎをしました。

それを見たつばめは、葦のまわりを何回も、ぐるぐる、飛びまわって、つばさで水の上をたたいて、銀色のさざなみを立てました。これはつばめの「ぼくのおよめさんになってください。」というお願いのしるしでした。

つばめは葦が、

「あなたのおよめさんになってもいいわ。」

と返事するのをまって、葦のまわりを、ぐるぐるとびまわり、銀色のさざなみをたてました。こんなことが春から夏まで、ずっとつづきました。このありさまをみた、ほかのつばめたちは、

「あんな葦を、あんなに好きになるなんて、あいつ、すこしどうかしてるよ。」

と、口々にさえずりました。

「あいつが、あんなに好きになるほど、葦はお金持ちでもないし、それにあの葦には、兄妹や、親類が多すぎるよ。」

と言いました。

それはほんとうでした。ほかのつばめたちがいうように、川べりには、葦がいっぱい

はえておりました。

　つばめが、毎日まいにち、葦のまわりをぐるぐる飛びまわって、銀色のさざなみを立てているあいだに、いつのまにか秋になってしまいました。秋がすぎれば、寒いさむい冬がやってきますから、ほかのつばめたちは、冬のくるまえに、あたたかいエジプトのほうへ、みんな飛んでいってしまいました。

　仲間のつばめたちが、みんな、いってしまったので、たった一羽のこってしまったつばめは、きゅうにさびしくなりました。そして、仲間のつばめたちに、ふしぎに思われたほど好きだった葦が、だんだん、まえほど好きでなくなってきました。

「ぼくが、こんなに飛びまわったり、さざなみを立ててお話ししようといってるのに、いつもだまっていて、ひとことだって、返事もしないし、それどころか、どうも気が多くて、だれとでも遊ぶようだ。ぼくひとりと、遊ばなければならないのに。ほら、その証拠に、いつも風といっしょにあんなに、よろこんで遊んでいる。」

　と、つばめはつぶやきました。

　それはつばめが言うとおりでした。葦は風が吹いてくると、いつも、やさしく、しずかに、ほっそりしたからだを、しなやかにまげて、おじぎをしました。

　つばめは、また葦のことを、

「あのように、いつもおうちにばかりいて、外へはちっとも出やしない。おうちのなかで、ごはんのしたくや、せんたくや、おそうじをするのもいいけれど、ぼくは、旅行が大好きだから、ぼくのおよめさんも旅行が好きでなくちゃこまるなあ。」

と、思いました。

それで、つばめは、ある日、葦(あし)に、

「ねえ、わたしといっしょに旅行しませんか。」

と、たずねました。

ところが、葦(あし)は、首を横にふって、つばめの言うことをききませんでした。

葦(あし)は、この川べりのおうちがとても好きで、ここほどよいところはどこにもないと、かたく思っていたのです。

つばめは、とうとう、おこってしまって、

「いやなんだね。そんならいいよ。きみは風とゆっくりあそんでいたらいいさ。ぼくはこれから、ピラミッドのある、あたたかいエジプトへ飛んでいくからね。」

と、いって、川べりを飛びたちました。

その日は、一日じゅう飛んで、夜になってから、この町へやってきて、ねむるところをさがしました。

「さあて、どこへ泊(と)まろうかな。だれか、ぼくのために、あたたかいおふとんを用意していてくれると、ありがたいんだがなあ。」

と、言いながら、あちらこちらと、見まわしました。

そして、高い丸い柱の上に立っている、しあわせ王子の像を見つけました。

「あそこがよさそうだな、あそこに泊(と)まることにしよう。」

と、よろこびながら、だんだん、しあわせ王子の近くへおりてきました。そして、

「なかなかよさそうだ。とてもいい場所だな。なにより、あたらしい空気をおなかいっぱいすえるというものだ。こんないいところは、めったにありゃしない。」

と言って、つばめは、しあわせ王子の両足のあいだにおりました。

つばめはあたりを見まわして、

「これは、すごい。この像はどこも金ぴかだ。」

と、ひとりでよろこびながら、さっそく寝(ね)る用意をしました。

ちょうどそのとき、それは、つばめが目をつむって、頭をつばさの下にそっと入れかけたときですが、大きな水のしずくが一つ、ぽつりとつばめの頭の上に落ちてきました。

「おや、これはいったいどうしたんだろう。お空には雲なんか、ひとつもないし、お星さまがきらきら光っているのに、どうして雨なんかふるんだろう。だから北の国のお天気はいやだよ。いつ、どんなふうに変わるかわからないんだもの。そうそう、あの葦(あし)は、雨がふるといつもよろこんでいたっけ。葦(あし)が雨をよろこぶのは、葦(あし)の勝手だが、ぼ

くには雨ほどいやなものはないよ。」

と、ひとりごとを言っていますと、また、しずくが、ぽつりと落ちてきました。

「あっ。またふってきた。いやだなあ。なんだいこの像は。雨よけにもならないなんて、きれいなだけで、ちっとも役に立たないんだなあ。これじゃあ、ゆっくりねむることもできやしないから、どこか、もっといい、煙突（えんとつ）でもさがそう。」

と言って、しあわせ王子のところから、すぐにも飛びたとうと、つばさをひろげかかったとき、三度めの水のしずくがおちてきました。つばめは、思わず上を見あげました。

そのとき、つばめは、なにを見たのでしょうか。

しあわせ王子の像の目には、なみだがいっぱいたまっていたのでした。そして、そのなみだが、金色のほおをつたって、しずくになって、落ちてくるのでした。

大空にかがやいているお月さまの光をあびて、しあわせ王子の像は、とても美しく立っているのでしたが、なぜ泣いているのでしょう。

「あなたは、どなたですか。」

と、つばめはしあわせ王子の像にききました。

「わたしは、しあわせ王子の像です。」

つばめはそれを聞いて、王子さまがどうして、かなしそうに泣いているのだ

ろう。泣きたくなるようなことがいったいあるのだろうかと、ふしぎに思って、

「しあわせ王子さまが、どうして、そんなにお泣きになるのですか。ぼくはあなたのなみだで、頭からずぶぬれになってしまいそうです。」

と、言いました。

すると、しあわせ王子は、

「わたしがまだ生きていたころは、泣くことなんか知りませんでした。ほんとに、どうしたらなみだが出るのかも知りませんでした。どうして知らなかったかといいますと、生きているとき、わたしはりっぱな宮殿に住んでいて、その宮殿には、世の中のかなしみというものは、どんな大きなものも、またどんな小さなものも、はいってきませんでした。だからその宮殿に住んでいる者は、だれも、かなしいということを知りませんでした。


昼間は、おおぜいのお友だちといっしょに、宮殿のお庭で、たのしく遊びました。夜は、宮殿の大きな広間で、わたしがさきに立って、ダンスをして遊びました。宮殿のお庭のまわりは、すばらしく高い、見あげるような塀でかこまれていて、塀の外には、どんなものがあるのか、考えたことも、見たこともありませんでした。

わたしの身のまわりにあるものは、どれもこれも、美しいものばかりでした。それで、召し使いたちは、わたしを、しあわせ王子さまとよんでいたものです。

楽しみとか、遊びが、しあわせというものでしたら、わたしはほんとに、しあわせだったと言っていいのかもしれません。ところが、わたしが、病気で死んでしまうと、町じゅうをみわたせる、こんな高いところに、のせられてしまいました。

生きているときは、あんなに、楽しく遊びまわっていましたが、死んでからは、この高いところから、町じゅうの、みじめな、かなしいことばかり、見るようになってしまったのです。わたしは、毎日、それを見て、気の毒で、かわいそうでなりません。いくらわたしの心臓が鉛(なまり)でできていたとしても、このかなしさには、泣かずにはいられないのです。」

と、言いました。

つばめは、

「そんなことを言ったって、この王子さまは、からだじゅう、金ぴかじゃないか。」

と、ひとりごとを、小さな声で、そっと言っただけでした。つばめは、礼儀(れいぎ)を知っていましたから、人のことを、ことにからだのことを大きな声で言うことは、できませんでした。

「ね、見てごらんなさい。ここからずっと、むこうなんですがね。」

と、しあわせ王子は、低い、しかしよくとおる声で言いました。その声は、なみだでうるんでいるようでした。

「ずっとむこうのとおりに、一軒の、まずしいお家があるんです。その家の窓が一つあいているので、女の人がひとり、テーブルのまえにこしかけているのが、ここからよく見えるんです。その女の人は、ドレスをつくることを商売にしているのですが、いつも、縫い針で指をつつくので、手があれて、がさがさしていますし、その顔はやせこけています。その女の人は、この国のお妃さまにつかえている女官のうちで、いちばんきれいな人が、こんどの舞踏会で着るドレスをつくっています。それは、繻子のドレスで、時計草の花もようを刺繍しているのです。

ところが、お部屋のすみにあるベッドには、小さい子どもが、病気で寝ているのです。たいへん熱があるので、みかんが食べたくて、さっきから、ねだっているのですが、母親は、びんぼうなので、川のお水しか飲ませることができないのです。それで、子どもはますます、泣きたてているのです。つばめくん、おねがいがあります。わたしの刀のつかの先についているルビーを一つ、あの女の人のところへ、持っていってやってくれませんか。わたしが、自分で持っていってやりたいんですが、わたしの足は、この柱に、しっかりくっついていて、ちっとも動くことができないので、きみにたのむのです。」

つばめは、

「しあわせ王子さま、せっかくのおたのみですが、おことわりしなければなりません。

わたしの友だちは、みんなエジプトへ行ってしまいましたので、わたしもこれから、いそいで行かなければならないんです。今ごろはみんなナイル河の上を飛びまわって、大きな蓮の花とお話でもしているでしょう。それから夜はエジプトの王さまのお墓の中へ、寝にいくことでしょう。王さまは、きれいな色をぬった棺の中に、黄色い布につつまれ、あぶらをぬられたミイラになっているのです。ミイラの王さまの首のまわりには、うすみどり色をした玉の首かざりがかけてあり、その手は、まるでかれた木の葉のようになっているんですよ。」

　と、言いました。

「つばめくん、つばめくん、かわいいつばめくん。おねがいします。たった一度でよいから、わたしのおつかいをしてくれませんか。あの病気の子どもは、熱のために、のどがかわいて、苦しんでいるのに、母親は、どうすることもできなくて、かなしんでいますから。」

　しあわせ王子が、まごころをこめて、たのみますので、つばめは、

「ほんとうのことを言いますとね、わたしは子どもがあんまり好きじゃないのです。それはついこのあいだの夏のことですが、わたしが、川のふちでやすんでいましたら、いたずらの好きな二人の子どもがやってきて、わたしめがけて、石を投げつけるんです。いくら投げたって、わたしにあたりっこありません。わたしたちほど、飛ぶことのうまいものはおりませんからね。仲間のうちでも、とくにわたしは、うまれつき、飛びかた

がうまくて、有名だったくらいですもの。飛んでくる石なんかよりずっと早く飛びます。しかし、石を投げつけるなんて、ほんとに、しゃくにさわりますよ。」

と、言いました。

しかし、しあわせ王子が、いかにもかなしそうな顔をしていますので、きのどくになってきました。

「ここはとても寒いところですね。しかし、せっかくのおたのみですから、あなたのために、ひと晩、ここにいて、あなたのおつかいをしてあげましょう。」

「つばめくん、どうもありがとう。」

しあわせ王子は心からよろこんで言いました。

そこで、つばめは、しあわせ王子の刀のつかから、大きな赤いルビーを一つ、ぬきだすと、それをくちばしにくわえて、町の屋根の上をとおって、大聖堂の塔のそばへ、飛んでいきました。

その大きな白い大理石の塔には、天使の像が彫ってありました。それから、王さまのお城のわきを飛んでいきました。お城からは、ダンスのにぎやかな音楽が、きこえてきました。そして、そのお城のバルコニーでは、きれいな女の人と、若い男の人が、なかよくお話をしていました。若い男は、

「ああ、空の星は、なんて美しいんでしょう。ほんとにふしぎなほど、美しく見えま

す。しかし、あなたの美しさは、空にかがやく星よりもすばらしいです。」

美しい女の人は、わらって言いました。

「うふふふ、お口がおじょうずですこと。わたしは、こんどのダンスパーティに間に合うように衣裳ができてくれればいいがと、心配してますのよ。とてもきれいなドレスですわ。繻子の生地に、時計草の花を刺繍するようにたのんだのですが、仕立屋の女が、なまけものなので、こまっておりますのよ。」

3

それから、つばめは川をわたりました。川にうかんでいる舟（ふね）の帆柱（ほばしら）には、あかりがいくつもいくつも、ぶらさがっていました。

ユダヤ人の住んでいる町の上を飛んでいきますと、年とったユダヤ人たちが、おたがいに、品物の売り買いをしていて、銅（あかがね）の天びんで、ぴかぴか光る金貨をはかっていました。

大聖堂のそばや、お城のそばをとおり、川の上や、ユダヤ人の町の上を飛びこえて、とうとう、つばめは、しあわせ王子からおしえられた、まずしい仕立屋の女の家の上にきました。

つばめは、そっと、窓からおうちの中をのぞきました。

しあわせ王子の見たとおりですが、子どもは、熱がまたひどくなったのか、ベッドの上で、くるしんでいました。

母親は、そのそばで、仕事のつかれから、くたくたになって、ぐっすり寝（ね）こんでいました。

つばめは、その部屋の中へ、すっと飛びおりると、ぴょん、ぴょん、歩いていって、テーブルの上においてある母親の指ぬきのそばへ、大きな赤いルビーをそっとおきました。

それから、つばめは、子どもが寝ているベッドのまわりを、飛びまわって、熱で熱くなった子どものひたいを、つばさであおいでやりました。

すると、子どもは、

「ああ、すずしいなあ、いい気持ちだ。」

と、いかにも、気持ちよさそうに、すやすや、ねむりました。

それを見たつばめは、しあわせ王子のところへ、飛んでかえりました。そして、病気の子どものことや、母親のことを、見てきたとおり、ぜんぶ話しました。

「しかし、ふしぎですね。外はつめたくて、ひやひやと、寒いんですが、わたしのからだは、ぽかぽかと、とてもあたたかいんですよ。」

「それはね、つばめくんが、いいことをしてきたからですよ。」

と、しあわせ王子は言いました。

そういわれると、つばめは、そういうものかなと考えました。そして、いつのまにか、ぐっすりと寝てしまいました。なにか考えはじめると、ねむくなってくるのがつばめのくせでした。

やがて、夜があけました。

つばめは、ぱっちりと目をさましますと、すぐに近くの川へいって、水をあびました。そこへ、鳥のことを研究しているえらい学者が、橋の上をとおりかかり、水あびをしているつばめを見ると、びっくりして、

「これはどうしたことだろう。こんな寒い冬につばめがいるなんて、ふしぎなことだ。」

と、言いました。冬になったら、つばめはみな、あたたかいところへ飛んでいくものと、きまっていますので、寒い冬につばめを見つけたのは大発見でした。

学者は、そのことについて、長いながい、研究論文を書いて、地方の新聞に送りました。新聞社ではすぐに、論文を、新聞にのせました。それを読んだ人たちは、学者の論文について、さかんに議論をしました。

しかし、学者の文章は、むずかしい書き方でしたから、だれにも、ほんとうの意味はわかりませんでした。

「今晩こそ、エジプトへいこう。」

そう思うだけでも、つばめの心はひきしまって、楽しみになりました。そして、この町の有名な記念碑を一つのこらず見てまわりました。

教会のとがった塔のいちばん高いところには、長いあいだとまっていました。そこか

ら、あらら、こちらと飛びまわりました。

　つばめを見て、すずめたちは、

「あらまあ、おめずらしいお客さまね。」

　と、言いました。

　それをきいたつばめは、たいへん、得意になりました。

だんだん夜が近づいて、お月さまが、出てきましたので、つばめは、しあわせ王子のところへ帰ってきて、あいさつしました。

「しあわせ王子さま、なにかエジプトへおことづけはありませんか。これからすぐ、エジプトへたとうと思いますが。」

「つばめくん、つばめくん、小さいつばめくん、もうひと晩だけ、わたしのところに泊(と)まってくれませんか。おねがいしますよ。」

　つばめは、

「友だちがエジプトでまっているんです。友だちは、あした、ナイル河で二ばんめの大きな滝(たき)へ行くでしょう。その滝(たき)には、大きなみかげ石の玉座があって、その上にメムノンの神さまがすわっています。メムノンの神さまは、ひと晩じゅうお空にかがやくお星さまを、じっとながめていて、あけがたにお星さまが、ぴかっぴかっと光りますと、よろこびの声を、一声あげて、あとはだまってしまいます。お昼になりますと、金色の毛のライオンが、川べりにおりてきて、水をのみます。ライオンは、みどり色の宝石のような目を光らせて、そのほえる声は、ごうごうと落ちる滝の音もかなわぬほど、ものすごく大きなものです。」

と、言いましたがそのとき、しあわせ王子は、

「つばめくん、つばめくん、小さいつばめくん。ここから、ずっと遠くはなれた、屋根うらのお部屋に、一人の若い男が住んでいます。その若い男は、つかれきって、紙のいっぱいちらかっている中で、つくえによりかかっています。つくえのそばには、しおれてしまったすみれの花をさした花びんがあります。若い男のかみの毛は茶色で、くちびるはざくろのように赤く、目は大きくて、いつも夢を見ているようです。

この若い男は、今、ある劇場の人にたのまれて、お芝居を書いているのですが、あんまり寒いので、指がつめたくなって、ペンを動かすこともできなくなっています。けれども、ストーブにくべて、お部屋をあたたかくする薪は一つもないし、それに、おなかがすいて、すっかり元気がなくなっているのです。わたしは、あの若い男もぜひ、たすけてやりたいと思います。つばめくん、もう一度わたしにたのまれてはくれませんか。」

と、言いました。つばめは、

「はい、わかりました。それでは、わたしがもうひと晩、王子さまのところにお泊まりして、おつかいをいたしましょう。」

と、言いました。

ほんとは、やさしい心をもっているつばめでした。そう言ってから、

「あのかわいそうな若い男にも、ルビーを一つ持っていってやりましょうか。」

と、たずねました。ところがしあわせ王子は、

「だけどね、わたしには、もうあの若い男にあげるルビーがないのですよ。あるのは、このふたつの目だけなのです。この目は、千年もまえに、インドから持ってきたというう、まったくめずらしいサファイヤで、できているのですがね。これしかないが、かたっぽうのほうをつまみだして、あのかわいそうな若い男のところへ、持っていってくれませんか。このサファイヤをやれば、若い男は宝石屋に売って、そのお金で、食べものや、薪(まき)を買うことができます。そうすればまた元気になって、たのまれたお芝居(しばい)を書きつづけていけるでしょう。」

と、言いました。

「しかし、王子さま。いくらなんだって、あなたの目から、サファイヤをつまみだすなんて、おきのどくで、とてもできません。」

と、つばめは泣きだしてしまいました。

「つばめくん、つばめくん、小さいつばめくん、そんな心配はいらないから、わたしの言うとおりにしてくれませんか。」

と、しあわせ王子は、泣いているつばめに、言いました。

それでつばめは、思いきって、しあわせ王子の目をつついて、サファイヤをつまみ出し、若い男のいる屋根うらのお部屋に、飛んでいきました。その屋根には、大きなあながあいていましたので、うまくお部屋の中へはいることができました。

あなをくぐって、お部屋にはいりましたが、若い男は、両手で頭をかかえていましたので、つばめのぱたぱたという羽ばたきの音がきこえませんでした。それで、若い男は、つばめがお部屋の中へはいってきたことを、ちっとも知りませんでした。

だからふと、目をあげたとき、つくえのそばのしおれたすみれの花の上に、いつのまにか、美しく大きいサファイヤがひとつ、のっているのを見つけると、

「やあ、これはすばらしい。このサファイヤは、ぼくの書いているものをひいきにしている人が、そっと贈ってくれたのだろう。さあ、これで、ぼくもいい芝居を書くことができるぞ。」

と、とてもうれしそうに、元気いっぱいにさけびました。

そのつぎの日、つばめは、港へ飛んでいきました。そして、大きなお船の帆柱の上にとまりました。

そこから、水夫さんたちがお船の下のほうから、大きな箱をつなでひきあげるのを見ていました。

「それひけ、どっこいしょ。」

と、水夫さんたちは、大きな箱にかけたつなをひきながら、かけ声をかけていました。

「わたしは、これからエジプトへ行くところですよ。」

と、つばめは、大きな声で言いました。しかし、だれも、つばめの言ったことに、気がつきませんでした。

そのうちにお月さまが、だんだん、高くのぼってきましたので、つばめはいそいで、しあわせ王子さまのところへ帰ってきて、

「王子さま、いよいよ、おわかれのときがきました。」

と言いました。すると、しあわせ王子は、

「つばめくん、つばめくん、小さいつばめくん、もうひと晩だけ、わたしのところに、泊(と)まっていってくれませんか。おねがいします。」

と言いました。つばめは、

「王子さま、そんなこと、おっしゃってもだめですよ。だって、もうすぐ冬ですもの。まもなく、つめたい雪がふってくるでしょう。わたしは、寒い冬がだいきらいなんです。エジプトへ行けば、まっ青な海に、あたたかいお日さまがかがやいています。

わたしは、川べりの草のなかに、ながながと、のんきに寝(ね)そべって、ひなたぼっこを

するでしょう。

わたしの友だちは、今ごろは、シリアという古い町の、バールベックの神殿で、いっしょうけんめいになって、巣をつくって、巣をつくっているころです。白や、もも色の鳩たちが、友だちが巣をつくっているのを見て、くう、くうとなきあっているでしょう。

王子さま、そんなわけですから、こんどこそ、ほんとうに、おわかれしなければならないのです。しかし、わたしは、王子さまのことは、どんなことがあっても、わすれません。来年の春になりましたら、王子さまのところへ、大きな美しい宝石を二つ、かならずもってきて、王子さまが、あわれな仕立屋の女の人と、かわいそうな若い男にやった宝石のあとに、入れてさしあげます。ルビーは、赤いばらの花よりも、もっともっとまっ赤なのを、サファイヤは、青い海よりも、もっともっと青いのをもってきます。」

しあわせ王子は、

「ねえ、ほら、あそこの広場のところに、かわいらしいマッチ売りの女の子がいますね。あの女の子は、だいじな売りもののマッチを、みんなどぶの中へ落としてしまったのです。もう、マッチはつかえなくなって、売ることもできないのです。あの女の子は、マッチを売ったお金を、すこしでも、お家へ持ってかえらないと、お父さんにおこられて、ぶたれるのです。だから、あの女の子は、あそこで泣いているのです。

こんな寒い夜なのに、靴もはいていないし、靴下もはいていません。ぼうしもかぶっていません。

ほんとに、かわいそうな女の子だと思いませんか。

つばめくん、おねがいだから、わたしにのこっているかたほうの目をとって、あの女の子にやってください。そうすれば、おとうさんにぶたれたり、おこられたりしないですむでしょうから。」

と、つばめに言いました。つばめは、

「それでは、もうひと晩だけ、王子さまのところに、泊まりましょう。だけど、王子さまのたった一つの目の玉まで、ぬきとることは、とてもわたしにはできません。わたしがとってしまえば、王子さまは、すっかり、見えなくなってしまいますからね。」

と、ことわりました。ところがしあわせ王子は、

「つばめくん、つばめくん。ねえ、小さいつばめくん、心配しなくてもいいから、わたしの言ったとおりにしてくれませんか。」

と、たのみました。そこでつばめは、たったひとつのこっていた、かたほうの目をとって、くちばしにくわえると、飛んでいきました。つばめは、かわいそうなマッチ売りの女の子のそばを、すっと飛びながら、女の子の手のひらに、そっと宝石をおとしてやりました。

「あら、なんてきれいなガラスでしょう。」

と、かわいそうな、マッチ売りの女の子は、たかい声で、さけびました。そして、うれしそうに、にこにこわらいながら、おうちのほうへ、走っていきました。

それを見ていたつばめは、しあわせ王子のところへかえってきました。そして、

「王子さま、王子さまは、とうとう目をなくしてしまわれました。もうなんにも見ることができません。ですから、わたしは、いつまでもずっと、このまま王子さまのところにいることにしましょう。」

と、言いました。

目をなくした王子さまは、

「いや、それはいけない。つばめくんは、エジプトへ行かなければいけませんよ。」

と言いました。しかし、つばめは、

「いいえ、王子さま、わたしは、いつまでもいつまでも、王子さまのそばにいますよ。」

と、言って、しあわせ王子の足のあいだにはいってねむりました。

そのつぎの日は、朝から晩まで、つばめは、しあわせ王子のかたの上にとまって、つばめが今まで見てきた国々のお話を、きかせました。

ナイル河の岸に、長い列をつくってならび、くちばしで、金色の魚をつかまえる赤い鳥の話もしました。

大昔からずっと、砂漠（さばく）に住んでいて、どんなことでも知らないことはないという、ス

フィンクスのお話もしました。

いつも、手に、琥珀の数珠をさげて、らくだといっしょに、のろのろあるいている商人の話もしました。

まっ黒な、黒檀のようなからだをしていて、大きな水晶をお守りにしておがんでいる、月の山の神さまの話もしました。

しゅろの木のしげみの中にねむっている、みどり色の大きなへびを、二十人のおぼうさんが、はちみつのお菓子で、やしなって育てている話もしました。

大きな広いみずうみの上を、木の葉の小さなお舟でわたったり、ちょうちょうを相手に、いつも戦争をしている小人の話もしました。

つばめは、このようなお話を、つぎからつぎへと、しあわせ王子にきかせたのでした。

しあわせ王子は、

「つばめくん、つばめくんはいろいろなふしぎな話を、いっぱいきかせてくれましたね。しかし、この世の中では、人間がまずしさに苦しんでいることぐらい、ふしぎなことはないですよ。だから、つばめくん、この町の上を飛びまわって、まずしさに苦しんでいる人のことや、つばめくんが見てきたいろいろなことを、わたしに話してくれませんか。」

と、言いました。

そこで、つばめは、しあわせ王子に言われたとおりに、この大きな町の上を、なんべんも、なんべんも、飛びまわりました。

美しくて、りっぱなおやしきにすんでいる金持ちは、にぎやかに、たのしく、おもしろく、くらしておりました。ところが、このお金持ちのりっぱなおやしきの、門のまえには、物乞(ものご)いがいっぱいすわったり、立ったりしていました。

町のかたすみのほうに飛んでいってみますと、そこには、おなかがすいて、今にもたおれてしまいそうな、あおい顔をした子どもたちが、まっくらな道を、ぼんやりとながめていました。

ある橋の下には、二人の小さな子どもが、だきあって、寒さをしのいでいました。

「ああ、おなかがすいたなあ。」

と、二人の子どもが言いました。すると、とおりかかった夜まわりのおじさんが、子どもたちを見つけて、

「おまえたち、こんなところに寝(ね)ていちゃいかん。」

と、どなりつけました。

それで、二人の子どもは、橋の下から雨のふっている外へ、とぼとぼと、出ていきました。

つばめは、しあわせ王子のところに帰ってくると、見てきたことを、みんなお話ししました。

それをきいたしあわせ王子は、

「わたしのからだには、金箔がかぶせてあります。つばめくん、この金箔を一枚一枚はがして、まずしい人たちにやってくれませんか。人間というものは、いつもお金さえあれば、しあわせだと思っているのですからね。」

と、言いました。

しあわせ王子に言われるままに、つばめは、しあわせ王子のからだから、ぴかぴか光る金箔を、一枚一枚と、はがしましたので、とうとう、しあわせ王子は、きたない、うすよごれた姿になりました。

つばめは、はがした一枚一枚の金箔を、まずしい人たちのところへ、持っていってやりました。

すると、あわれな子どもたちのあおくやせた顔が、みるみるうちに、ばら色になりました。そして、元気になると、楽しそうに、にこにこわらいながら、道ばたで遊びはじめました。

「ぼくたちは、パンを食べられるよ。」

と、子どもたちは、よろこびました。

やがて、まもなくこの町に雪がふってきました。

町の中は、どこもみんな、銀色にきらきらかがやきました。そして、どこのお家のの
きにも、長いつららが、まるで水晶の刀のように、ぶらさがりました。

道を歩く人たちは、みんな頭から、あつい毛皮をかぶって、寒さをしのぎました。子
どもたちは、まっ赤なぼうしをかぶって、氷の上をすべってあそびました。

一日一日と、寒さがひどくなってきましたので、つばめは、がまんできなくなってき
ました。しかし、いくら寒くなってきたからといって、つばめは、しあわせ王子のとこ
ろから、あたたかいエジプトのほうへ飛んでいこうとは、思いませんでした。もう今で
は、つばめは、心からしあわせ王子をしたっていたからでした。

雪がふってからは、つばめの食べるものも、なくなってきました。

だから、パン屋の店さきにこぼれているパンのくずを、パン屋の人がいないときに、
そっとひろってたべました。

寒くて寒くて、がまんできないときは、ちいさいつばさを、ぱたぱたとはばたいて、
からだを、あたたかくしました。

しかし、つばめは、こんなに寒くて、食べるものもなくなっては、まもなく死んでし
まうだろうと、思いました。

つばめは、だんだんよわってきて、このごろでは、やっとどうにかこうにか、しあわ

せ王子のかたのところまで、飛びあがる力しかのこっていませんでした。

それで、ある日、つばめはいっしょうけんめいの力で、しあわせ王子のかたの上に、やっと、あがりました。そして、小さな、つぶやくような声で、

「王子さま、王子さまともおわかれです。どうぞ、王子さまのお手に、キスさせてください。」

と、おねがいしました。しあわせ王子は、つばめのことばをきくと、

「つばめくん、いよいよおわかれだと言うけれど、エジプトのほうへ行くんですか。それはいいですね。きみは、わたしのところに長くいすぎましたからね。エジプトへいったら、しあわせにくらしてください。」

「いいえ、王子さま、王子さまにおわかれして、わたしがこれから行くところは、エジプトではないんです。」

と、つばめはちいさな声で言いました。

「わたしは、死のお家(うち)へ行くのです。死は、ねむりの兄弟と言いますね。」

そういって、つばめは、しあわせ王子にキスしました。

そして、そのまま、かたの上から、しあわせ王子の足もとに落ちて、死んでしまいました。

そのとき、しあわせ王子のおなかのなかで、とつぜん、ふしぎな音がきこえました。

なにか、物のこわれるような音でした。

それは、しあわせ王子のおなかの中にある、鉛(なまり)でつくった心臓が、まっぷたつにさけて、割れた音でした。鉛(なまり)でつくった心臓が割れるほど、その晩は、ひどい寒さでした。

4

つぎの朝のことでした。

まだ早いうちでしたが、その町の町長さんが、議員たちをつれて、しあわせ王子が立っている広場を歩いていました。そして、ふと、高い高い、まるい柱の上に立っている、しあわせ王子の像を見あげました。

「おや、これはいったい、どうしたことか。あのりっぱで、美しかったしあわせ王子が、こんなにきたなく、みすぼらしくなっているのは。」

と、町長さんが言いました。

「なるほど、ひどくきたないですね。」

と、いつでも、どんなことでも、町長の言うことと、おなじようなことを言って、おべっかをつかう議員たちが言いました。

そこで、みんなは、どうして、あんなに美しかったしあわせ王子が、こんなにうすぎたなくなったのかを、しらべるために、まるい柱の上にのぼっていきました。

「これはおどろいた。ルビーは、刀のつかからとれてしまっているし、目はふたつともなくなっている。からだをおおっていた金箔は一枚もなくなってしまった。これでは、金箔の像どころか、物乞いとおなじですよ。」

と、町長が言いました。

すると議員たちは、

「町長のおっしゃるとおり、まったく、物乞いですね。」

と、言いました。

「ふーん、これはまたどうしたのかな、足もとに、鳥が死んでいるよ。こんなふうに、鳥が死んでいると、ここで、鳥は死んではいけないというおふれを出さなければならんね。」

と町長が言いました。すると、町の役場の人がすぐ、町長が言ったことを、帳面に書きました。

こんなわけで、とうとう、しあわせ王子の像はまるい柱の上から、おろされてしまいました。

「美しくもない、しあわせ王子の像なんか、なんの役にも立たないものだ。」

と、大学の先生が言いました。

そして、まるい柱からおろした、しあわせ王子の像を、炉の中に入れて、とかしました。しあわせ王子は、炉の中で、すっかり、形がなくなって、どろどろになりました。

それから、どろどろにとけた地金を、なににつかおうかという会議をひらくために、町長は議員をよびあつめました。

町長は会議のとき、

「われわれは、もちろん、しあわせ王子のかわりの、あたらしい銅像をつくらなければならない。それで、こんどは、わしの銅像をたてることにしたい。」

と、言いました。

町長が、じぶんの銅像をたてると言ったので、議員たちも、

「いや、おれの像がいい。」

「いや、わがはいのだ。」

「わしの像だ。」

と、みんなが、じぶんの像をつくるんだといって、がやがやと言いあいましたが、とうとう、けんかになってしまいました。

このあいだ、あるところで、その後のようすをききましたら、このけんかは、まだつづいているそうです。

「へんだな。どうしたんだろう。」

と、銅像をつくる工場の監督(かんとく)が、しあわせ王子を炉(ろ)の中にいれて、どろどろにしたとき言いました。

「このこわれた鉛の心臓は、いくらとかそうと思って、炉の中へ入れても、とけないんだ。どうしてだろう。めんどうくさいから、ごみすてばに、すててしまおう。」

そう言いながら、ごみすてばに、すててしまいました。

そのごみすてばには、死んだつばめもすててありました。

5

そのとき、神さまが、ひとりの天使に、

「この世の中で、いちばん尊いものが二つ、あの町にあるから、さがしておいで。」

と、お言いつけになりました。

そう言われた天使は、すぐにこの町へきて、工場のごみすてばにすてられていた、しあわせ王子の鉛でつくった心臓と、死んだつばめを両手にささげて、神さまのところへ持ってきました。それを見た神さまは、

「よく見つけてきた。」

と、たいへんおよろこびになりました。

そして、神さまは、

「このちいさな鳥は、わしの、楽しい天国で、いつまでもいつまでも、歌をうたわせよう。それから、このしあわせ王子は、わしの黄金の町で、いつまでもいつまでも、しあわせ王子という名前で、ほめたたえられるようにしよう。」

と、おっしゃいました。

さびしいクリスマス

村岡花子

村岡花子
Hanako Muraoka
（1893年6月21日〜1968年10月25日）

翻訳家・作家。山梨県甲府市生まれ。東洋英和女学校高等科卒業。1927年訳書『王子と乞食』（作：マーク・トウェイン）を出版。『赤毛のアン』（作：L.M.モンゴメリ）をはじめて日本に紹介した。2014年NHK連続テレビ小説『花子とアン』のヒロインのモデルになる。訳書に、「アン」シリーズ、「エミリー」三部作など多数。日本初の家庭図書館である道雄文庫ライブラリーを自宅に開館する。児童文学への貢献により藍綬褒章、勲四等宝冠章受章。

今年のクリスマスは、今までのなかで一番さびしいクリスマスだ、そうにきまっている、一郎は心の底の底のほうでこう考えていました。一郎は八つでした、八つとなればもうそろそろ物事がわかってくる年です。露子のほうはまだほんのねんねちゃんでした、やっと四つだったのです。

四つでは、まだまだ、お母さんが二度と帰ってこられないところへ行ってしまったということはわかりません。それですから、サンタクロースのお爺さんへ出す手紙をお父さんに書いていただいているうちに、お父さんを泣かせてしまったのです。露子は、サンタお爺さんに持ってきてもらいたいおもちゃをお父さんに書いていただいていたのですが、一ばんおしまいに、

「それから、サンタお爺さん、どうぞ大好きなお母ちゃまをよこしてちょうだい。待ってますよ。」

と言いましたら、お父さんは急に泣きだしてしまったのです。子どもが泣くのと同じように、大きな涙をぽろぽろ出して泣きました。それだもので、お手紙の上に大きなインキのシミができてしまいました。

露子はほんとに赤ちゃんでした。お父さんを信じているのと同じに、サンタクロースを信じこんでいました。だって、去年のクリスマスには露子がおもちゃ屋の店で見て欲しくて欲しくてたまらなかった人形を、ちゃんとサンタクロースが届けてくれたのです

もの、今年は「お母さん」をお願いすればよこしてくれるにきまっているじゃありませんか。ね？　そうじゃないでしょうか？

露子はきゃっきゃっと笑いながら、一郎にその話をしました。

「ねぇ、お兄ちゃま、お母ちゃまは煙突から下りていらっちゃるのよ。おもちゃをどっさり持ってね。サンタお爺ちゃんがつれてらっちゃるのよ、お母ちゃまをね。屋根の上からずうっと煙突の中を通ってね。おもちろいわね。」

けれど、一郎は八つです。時々サンタクロースのいることさえ嘘じゃないかと思ったこともあったのです。いると思いたかったのです、けれど思えないような気がしたのです。サンタクロースが本当にいるということだけは思えたにしても、お母さんが帰っていらっしゃられないことはちゃんと知っておりました。それはちゃんとお父さんから聞いてしまったことなのです。

「一郎や。」

とおっしゃったとき、お父さんの唇はふるえていました。

「一郎や、もうお母さんには逢えないよ――ここではね。だがね、おまえがほんとうにいい子になれば、いつかお母さんのいるところへ行けるよ。お母さんは待っていてくださるんだよ。」

とこうお父さんが教えてくださいました。

一郎はいい子になろうとしました。学校へ行ったときなんていったら、ほんとに一生懸命におとなしくしました。一生懸命になって、「いろは」をおぼえました。おやつのときには、一生懸命にがまんして、露子に大きいほうのお菓子をやりました。乳母がおふろを使わせてくれるときに、シャボンの泡が目にはいってもおこらないで、がまんしました。いい子になるのはほんとにむずかしゅうございました。今夜のように、クリスマスの前の晩には、いい子になって、早く寝るのはなおむずかしいことでした。

お父さんは事務所から電話をかけて、晩のごはんには帰らないから、乳母が二人を早く寝かすようにとおっしゃいました。そして、乳母が食事のしたくをするお手伝いさんに言っていたことが、あいにく一郎の耳に入ってしまったのです。

「お気の毒さねぇ。まったく今年のクリスマスはおつらいだろうよ。来年はこれほどでもないだろうけれどね。とてもお子さんたちの靴下を下げておやりになるなんてことができるもんじゃないよ。まだやっと三月になったばかりだものね。ご無理もないことだけれど、坊ちゃんがお可哀相さね。もう何もかもわかりなさるんだからねぇ！」

乳母は露子の靴下をストーブの上の棚の釘にかけました。一郎は自分でしっかりかけましたが、うんと勢いをだして泣かずにいるのはずいぶん骨が折れました。二人は乳母に連れられてお二階へあがって寝ました。

ぼんやり障子が見えるようになった時分に一郎は目がさめました。すると露子がスタ

スタとお部屋の外へ出てゆくところです。いきなり飛び起きて、

「露ちゃん、どこへ行くの？」

とたずねると、露子はニッコリ笑って、

「階下の西洋間へ行くの。サンタがお母ちゃまを連れてくるから、露ちゃんはお迎いに行くの。」

一郎はいろいろのことを言って、露子を止めました。第一、サンタクロースやお母さんをいくら待ったって駄目だから、第二、まだ早すぎて起きる時間じゃないから、と言うのでした。

「ね、露ちゃん、お父さんが乳母におふとんへ入れてもらえっておっしゃっただろう？だから、まだ出てきちゃいけないよ。」

「でもあたち行くわ。お母ちゃまがさびしいわ。可哀相よ。」

なんという赤ん坊でしょう、露子にはどうしてもわけがわからないのです。一郎は仕方なしにあとをついてゆきました。

ストーブにはまだいくらか火が残っておりました。その前に座った一郎はどうかこのホカホカしたあったかさで露子が眠ってくれるように、そしてちょっとの間でもお母さんのことを忘れてくれるようにと願っておりました。眠ったら乳母を呼んで上へつれていってもらおう、朝になればおもちゃや人形で夢中になるから大丈夫。お母さんが帰っ

ていらっしゃらなかったことは忘れるだろうと思いました。

　燃え残ったストーブの火の前のかわいらしい二人の子供……頭の上には、からっぽの靴下が二足ぶらさがっています。煙突をじいっと見つめている四つの目——ここからサンタのお爺さんが来る——というので、露子は溶けそうな笑みを顔いっぱいにたたえています。一郎のほうはさすがに八年の歳月をこの世で暮らしてきたのですから、八年の歳月だけの疑いを大きな目にみなぎらせて、眺めているのです。お部屋はあたたかでした。ストーブのとろ火でウトリウトリと眠たくなってきます。一郎が横目で露子を見ますと、もうコクリコクリといねむりを始めていました。ああ、もうじきに寝ついてしまうな……そうしたら乳母を呼んで、連れていってもらおう……あぁ、よかった……と思っているうちに、自分も眠くなってきました。二度ばかり、ハッとして座り直しました。いけない、いけない……眠っちゃいけない……僕が寝ちまっちゃあ、露ちゃんが——。僕は眠っちゃいけない——い……け……な……い……あとはもう何が何やらわからなくなってしまいました。

　にわかに音楽が聞こえてきました。一郎が今までに一度も聞いたことのないような音楽です。露子はどうしたかしらと横を見ますと、スヤスヤと寝息をたてて絨毯の上で眠りについています。けれどもちっとも乳母なんか呼びたくありません、どういうわけかわかりませんが、乳母なんか呼ばなくてもかまわないような気がするのです——こんないい音楽が聞こえているんだもの――呼ばなくたっていいや――音楽がだんだん近くなってくるな――なんていい音楽なんだろう！

煙突の中を通ってくるのかもしれないぞ、一郎はにっこり笑いました。すると、急に一郎には何もかもわかりました。お母さんの声だったのです。音楽だと思ったのは、お母さんが呼んでいらした声でした。一郎と露子の名を呼んでいらしたのです――お母さんだけしかお呼びにならなかった特別の名前で二人を呼んでいらっしゃるのです。一郎は手を伸ばしました。お母さんはストーブの火が赤く燃えている中からこっちへいらっしゃいました。まあ、お母さんの目のやさしいこと！　かわいくて、かわいくてたまらないという目でした。

「お母ちゃまのかわいい子ちゃんとおたからさん！　まあどうしたの？　まだおふとんの中へはいっていないお時間じゃないの？」

すると眠っていたはずの露子が返事をしました。

「あたちね、サンタお爺さんに頼んだの。煙突からお母ちゃまを連れてきてくださいってね。」

お母さんは二人のそばへお顔を寄せました。キッスはしてくださいませんでしたが、じっと、喰い入るように二人の顔を見つめていらっしゃいました。

「お母さんはね、『クリスマスの精』に連れられて、ここへ来たんですよ。今年のクリスマスは露(つゆ)ちゃんにも一郎(いちろう)にも、一番さびしいクリスマスだということをお母さんはちゃんと知っていたから来てあげたんですよ。これはね、神様がおまえたち二人に送ってくださったクリスマスの夢です。神様はね、さびしがっている人たちの心をうれしくしてくださるために、時々こうやって夢を送ってくださって、今はわかれていても、きっとまた逢(あ)うことができることを教えてくださるのです。お母さんはちゃあんとおまえたちを上から見ていますから、安心して、いい子になるんですよ。さよなら！　また逢(あ)いましょうね。」

とおっしゃいました。

解説

河合祥一郎

　村岡花子さん（一八九三〜一九六八）は児童文学翻訳家（ほんやくか）として、本書に収められた作品のほか、さまざまな作家の名作を数多く訳されていますが、何よりも日本で初めて『赤毛のアン』シリーズをすべて翻訳（ほんやく）なさったことで有名です。「赤毛のアン」という題名も――原題は「緑の切り妻屋根のアン（アン・オブ・グリーン・ゲイブルズ）」というむずかしいものでしたので――村岡さんが考えてつけたものです。今の日本で「赤毛のアン」という名前であの物語がこれほど知られているのは、ひとえに村岡さんのおかげなのです。しかも、村岡さんは多くの子どもたちに感動を伝えたいと願って、戦時中に必死に原書を守り、命（いのち）懸（が）けでお訳しになったのですから、本当に尊敬にあたいする人です。

　本書には、雪が降る季節にまつわる三つのお話が入っていますが、村岡さんがお訳しになったもののみならず、ご自身がお創りになった童話も入っています。順に見てゆきましょう。

　チャールズ・ディケンズ（一八一二〜七〇）は、イギリスのお札（さつ）にも顔が印刷されたほど、イギリスを代表する大作家でした。なかでも『クリスマス・キャロル』は、映画や舞台劇やミュージカルにもなっていますから、知らない人はいない作品と言ってもいいでしょう。でも、ストーリーだけを追って理解したつもりにならずに、ぜひ村岡さんのすばらしい訳文を通して、原作の場面のひとつひとつをじっくりと味わってくださ い。大切なのは、単なるストーリー展開ではなく、スクルージの胸のうちにわき起こるさまざまな気持ち、失われていた大切な感情なのです。それが村岡さんの訳では、とてもいきいきと描かれています。その言葉をしっかりと味わって、スクルージと同じ体験をしようとしてみてください。

このお話は、もちろん子どもが読んで楽しめるように書かれていますが、実はその真の意味がわかるようになるのは、大人になってから読むときかもしれません。大人になってから読むと、毎日の暮らしに追われるうちに、本当に大切なことを大事にしなくなっているのは、スクルージだけではないと、きっと気づくことでしょう。

オスカー・ワイルド（一八五四～一九〇〇）の童話『しあわせな王子さま』も、とても有名ですので、題名とかんたんなあらすじを知っている人は多いでしょう。しかし、やはりこのお話も、ただストーリーを追うのではなく、王子さまとつばめが見て感じたことを、みなさんも同じように体験するつもりになって、村岡さんの言葉のひとつひとつを味わうように読んでみてください。そうして初めて、作品のよさがわかることでしょう。

村岡花子さんは、ご自身でたくさん童話をお書きになっていますが、そのうちクリスマスのお話が本書に収められました。クリスチャンでもある村岡さんの心の豊かさ、やさしさが伝わってくる童話ですね。

村岡さんの文章のよさは温かくて、詩的であり、話し言葉がいきいきしていてわかりやすいなど、多くの特長が挙げられますが、昔の日本語の上品な言いまわしが多いところも、そのひとつです。『クリスマス・キャロル』のなかで、スクルージの妹の言う「お父さんはまえよりも、ずっとやさしくおなりになったの。だからお家は天国のようよ」といった言葉づかいは、その一例です。『さびしいクリスマス』のなかにも、「帰っていらっしゃられない」、「ほんとにむずかしゅうございました」といった少し古風で、とても上品な言葉づかいが出てきます。スクルージ兄妹の会話がいきいきしていて、しかも上品なのは、『さびしいクリスマス』の幼い兄妹の会話に通じますね。

さらに、村岡訳のよさは、こうしたすてきな日本語が長いあいだ、世代を越えて読みつがれてきたことにもあります。みなさんのおばあさまもおじいさまも、みなさんのご両親も、みなさんも、そしてみなさんのあとから生まれてくる多くの子どもたちも、この村岡訳で心を豊かにしていくのです。それって、とてもすてきなことだと思いませんか。親子三代、あるいはそれ以上にわたって、同じ童話をいっしょに読むということ、それはもう、心の宝物ですね。

村岡花子さんの娘さんもお孫さんも、もちろん、この心の宝物を大事になさってきました。お孫さんである翻訳家の村岡美枝さんと作家の村岡恵理さんのご姉妹は、この講談社の『赤毛のアン』を出すに当たって、おばあさまの日本語を大切にしながら改訂のお仕事をなさっています。そして、恵理さんのお書きになった評伝『アンのゆりかご――村岡花子の生涯』をもとにして、ＮＨＫが村岡花子さんの生涯を連続テレビ小説「花子とアン」（二〇一四）としてドラマ化して放映しましたから、ご覧になった方も多いでしょう。

実は、その恵理さんが大学受験生のときに、私は英語の家庭教師をさせていただいたことがあるのです。私が通わせていただいた村岡家には、花子さんの書斎が生前あったままにされており、私たちが英語の勉強をしていたすぐそばに、花子さんのお使いになった『クリスマス・キャロル』や『しあわせな王子さま』の原書が何気なく置かれていたそうです。ご縁を感じますね。

その書斎は、美枝さんと恵理さんのご尽力で「赤毛のアン記念館・村岡花子文庫」として公開され、今では花子さんの母校である東洋英和女学院（東京・港区）に移設され、「学院資料・村岡花子文庫展示コーナー」として公開されていますので、本書をお読みになって興味をお持ちになった方は訪れてみてください。そしてまた、講談社から本書と同じシリーズで出ている『赤毛のアン』もぜひお読みください。私自身も角川つばさ文庫から『赤毛のアン』の翻訳を出させていただいていますので、読み比べていただけたらうれしく思います。

作家、翻訳家。東京大学大学院総合文化研究科教授。一九六〇年福井県生まれ。東京大学およびケンブリッジ大学より博士号を取得。著書に第二十三回サントリー学芸賞受賞の『ハムレットは太っていた！』（白水社）、『シェイクスピア　人生劇場の達人』（中公新書）、『ＮＨＫ「１００分ｄｅ名著」ブックス　シェイクスピア　ハムレット』（ＮＨＫ出版）など。手がけた翻訳に『不思議の国のアリス』『鏡の国のアリス』、「新訳　ナルニア国物語」シリーズ、「新訳　ドリトル先生」シリーズ、シェイクスピアやポー、ワイルドの新訳など多数。

『クリスマス・キャロル』

一九五二年新潮文庫から発売になった『クリスマス・カロル』の改訂版『クリスマス・キャロル』（二〇一一年　新潮文庫）を底本とし、古い語句をあらため、読みやすいよう改行を施し、漢字、仮名遣いをあらため、中学生以上漢字にふりがなをほどこしました。


『しあわせな王子さま』

一九六五年保育社から発売になったものを底本とし、仮名遣いをあらため、読みやすいよう一部を漢字にあらためました。


『さびしいクリスマス』

『村岡花子童話集　たんぽぽの目』（二〇一四年　河出書房新社）収録の改訂版を底本としました。初出は、童話集『お山の雪』（一九二六年　青蘭社書房）。

クリスマス・キャロル

2024年10月29日　第1刷発行

作　チャールズ・ディケンズ
　　オスカー・ワイルド

作・訳　村岡花子（むらおかはなこ）

翻訳編集　村岡美枝（むらおかみえ）　村岡恵理（むらおかえり）

発行者／安永尚人

発行所／株式会社 講談社

東京都文京区音羽2-12-21　〒112-8001

電話　(03)5395-3534（編集）

(03)5395-3625（販売）

(03)5395-3615（業務）

印刷所／共同印刷株式会社

製本所／株式会社若林製本工場

本文データ制作／講談社デジタル製作

ISBN978-4-06-537066-7　N.D.C.933　231p　20cm